기타 1도 모르는데 4인조 밴드

기타 1도 모르는데 4인조 밴드

초판 1쇄 펴냄 2023년 1월 5일
　　　2쇄 펴냄 2023년 5월 4일

지은이 마스이 준코
옮긴이 이현욱

펴낸이 고영은 박미숙
펴낸곳 뜨인돌출판(주) | 출판등록 1994.10.11.(제406-251002011000185호)
주소 10881 경기도 파주시 회동길 337-9
홈페이지 www.ddstone.com | 블로그 blog.naver.com/ddstone1994
페이스북 www.facebook.com/ddstone1994 | 인스타그램 @ddstone_books
대표전화 02-337-5252 | 팩스 031-947-5868

ISBN 978-89-5807-944-6 03830

VivaVivo 51

기타
1도 모르는데
4인조 밴드

마스이 준코 지음
이현욱 옮김

뜨인돌

형의 선물

나를 바꾸고 싶다고 생각했다. 나의 전부를. 내 주변 사람들은 항상 밝고 즐거워 보이는데 나는 그 분위기에 섞이지 못하고 늘 겉돈다. 파도가 잔잔할 때도 나는 어쩐 일인지 항상 바다 깊은 곳으로 빠져 들어간다. 사람들이 오라고 손짓을 하는데도 나는 언제나 제자리에서 꼼짝도 할 수 없다. 형은 내가 조금이라도 변하기를 바라는 마음에서 이것을 주었을 거다. 분명 변할 수 있을 테니 한번 해 보라고.

나는 형과 일곱 살이나 차이가 난다. 형이 초등학교를 졸업하고 내가 초등학교에 입학했으니 같이 등교한 기억은 없다. 하지만 형은 나와 잘 놀아 주었다. 형과 형 친구들 사이에 껴서 뛰어다니는 게 즐거웠다. 모두 어린 나를 귀여워해 주었다.

하지만 엄마는 형에게 지나치게 의지하는 나를 보며 걱정스럽다는 듯 한숨을 쉰다. "너, 반에 친구 없니?" 하고 핵심을 찌른다. 언제까지 형에게 기댈 수만은 없다고 아빠까지 나에게 부담을 준다. 나도 안다. 나도 다 알고 있다고.

오늘부터 형이 없는 생활이 시작된다. 형이 도쿄에 있는 대학에 합격했기 때문이다. 형이 신이 나서 도쿄로 갈 준비를 하는 동안 나는 계속 기분이 좋지 않았다. 그래서 형이 짐가방 맨 밑에 넣어 둔 것을 괜히 꺼내 던져 놓기도 하고, 형이 찾는 노란색 모자를 슬그머니 내 방에 갖다 놓기도 했다.

유치한 행동인 건 인정. 유치원생이나 할 법한 짓이다. 그렇지만 이렇게라도 하지 않으면 바람이 배에서 등 쪽으로 훅 지나가면서 마음까지 어디론가 날아가 버릴 것 같았다.

내 방 옷걸이에는 검은색 책가방과 중학교 교복이 걸려 있다. 검은색 교복에는 가격표가 달려 있었고 주름 하나 없다. 전철역 앞에 있는 매장에서 입어 봤을 때 옷이 헐렁거리고 뭔가 어색했는데, 엄마가 괜찮다고 하며 사 버렸다.

새로운 학교, 새로운 반, 새로운 친구들.

학교와 반은 정해지는 것이다. 하지만 친구는 그렇지 않다. 그래서 정말 어렵다. 죽이 맞을 것 같았는데 생각지도 못하게 뒤통수를 때리거나, 같이 놀자고 해서 좋아했더니 결국 머릿수를 맞추기 위해 서였다거나…. 지금까지 이런 일로 여러 번 상처를 받았다.

새로운 중학교 생활이라는 커다란 벽이 눈앞에 놓여 있다. 어떻게 해야 이 벽을 넘을 수 있을까? 이런저런 생각을 하고 있는데 갑자기 형이 방으로 들어왔다.

"나오히로, 뭐 해?"

그리고 마치 아이스크림을 건네듯 나에게 '그것'을 내밀었다.

"어? 이건…"

어느새 내 손에는 형의 기타가 쥐어져 있었다.

기타는 형의 보물이다. 형은 고등학교 때 친구들과 밴드를 결성해서 직접 노래도 만들었다. 연주한 곡을 인터넷에 올렸는데 반응이 좋아 지방 방송에 출연하기도 했다.

형은 도쿄에서 더 좋은 기타를 살 거라 이 기타가 더는 필요하지 않다고 했다. 그런데 나는 기타를 칠 줄 모른다. 가르쳐 달라고 했더니 그건 알아서 하란다.

"F코드를 잡을 수 있게 되면 그때 가르쳐 줄게."

형은 내 어깨를 두드리고는 도쿄로 떠났다.

F코드

𝄢

기타를 들어 봤는데 생각보다 가벼웠다. 기타의 몸통은 크림색이었고, 정중앙에는 구멍이 뚫려 있었다. 기타에는 어깨끈 같은 것도 달려 있었다. 그 어깨끈 안으로 머리를 넣고 거울 앞에 서 봤다. 고개를 똑바로 들고 거울을 보니 내가 꽤 멋져 보였다. 형이 TV에 나왔을 때의 모습을 보는 것 같았다.

나는 오른손잡이니 오른손으로 기타 줄을 튕기고 왼손으로 줄을 눌러야 한다. 줄은 여섯 개. 아래의 세 줄은 철사 같았고, 위의 세 줄은…. 이쪽도 두꺼운 철사 같았다. 엄지손가락으로 줄 하나를 튕기니 "봉~" 하고 낮은 소리가 울렸다. 순간 가슴이 두근, 뛰었다.

봉, 봉, 봉. 한 줄씩 튕기다가 이번에는 여섯 개의 줄을 한 번에 내리그었다. 그러자 진동이 커지면서 온몸이 흔들렸다.

'와, 이거 뭐야?'

이런 감각은 처음이었다. 재미있을 것 같아 연습을 한번 해 보기로 했다. 기타를 잘 치게 되면 인기가 많아질지 모른다. '와, 너 기타 칠 줄 알아?' '나도 가르쳐 줘!' 하면서 주위에 친구들이 모일지도 모른다.

아니, 그 정도까지는 아니어도 좋다. 학교에서 안 좋은 일이 생긴 날, 집에서 기타를 치면서 어수선한 마음을 진정시킬 수 있다면 그 정도로 충분하다.

나는 왼손도 한번 써 보고 싶었다. 기타의 긴 목같이 생긴 곳에는 3센티미터 정도의 간격을 두고 손가락으로 누르는 구간이 표시되어 있었는데, 기타의 몸통에 가까운 쪽을 짚을수록 소리가 점점 높아졌다.

'오오, 좋아.'

줄을 튕기니까 소리가 났다. 그 옆을 짚고 줄을 튕기니 높이가 다른 소리가 났다. 이런 당연한 일에 나는 감동했다. 그런데 이제 어떡하지? 기타 치는 법을 배우려고 해도 주변에 기타를 칠 수 있는 사람이 없었다. 아빠와 엄마는 음악에는 전혀 흥미가 없었고, 나 혼자 책을 보고 연습하는 것도 엄두가 나지 않았다.

나는 컴퓨터를 켜고 검색창에 '기타 시작하기'를 입력했다. 인터넷 사이트에는 정보가 무한대로 많을 것 같아서 '기타 초보'라든지 '초등학생도 할 수 있는 기타' 같은 채널의 글을 참고하기로 했다. 그런

채널에서는 악보를 읽지 못해도 괜찮다고, 가벼운 마음으로 즐기면서 하라고 해서인지 벽이 높게 느껴지지는 않았다.

일단 도레미파솔라시도를 치는 법부터 찾아봤다. 운지법이라는 글자 아래, 여섯 개의 선 위에 검은색 동그란 점이 찍혀 있었다. 아, 이 선이 기타 줄인가 보구나.

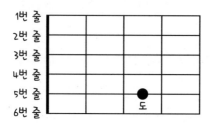

다섯 번째 줄, 왼쪽에서 세 번째 칸. 이걸 5번 줄의 3프렛♥이라고 하는군. 여기가 '도'인가 보다. 왼손 약지로 그곳을 누르고 오른손 엄지로 줄을 튕기면 도 소리가 나는 모양이다. 나는 모니터를 보면서 도, 레, 미, 파를 차례로 쳐 봤다.

'뭐야, 왜 이렇게 안 돼?'

왼손이 5번 줄을 누르고 있을 때는 오른손 손가락으로 그 줄을 튕겨야 한다. 6번 줄이나 4번 줄을 튕기면 안 되니 고개를 쭉 내밀어 오른손 손가락과 왼손 손가락이 같은 줄을 목표로 삼았는지 확

♥ 지판의 표면을 일정한 간격으로 나눠 주는 금속 돌기로, 음의 간격을 구분해 준다.

인한다. 그리고 다시 시도!

'레'부터는 4번 줄로 옮겨 간다. 그런데 레는 왼손으로는 아무것도 누르지 않아도 되는 모양이다. '미'는 4번 줄의 2프렛, '파'는 바로 그 옆. 겨우 네 개 음인데도 실제로 해 보니 꽤 어렵다. '솔'은 3번 줄. 레와 마찬가지로 왼손으로는 아무것도 누르지 않는다.

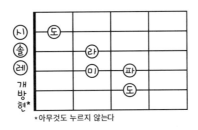

*아무것도 누르지 않는다

'라'는 3번 줄의 2프렛을 누르고…. 앗, 아냐. 누르고 있는 줄을 팅 겨야 하는데. 나는 고개를 들고 어느 줄인지 눈으로 확인했다. 이 게 좀 어려웠다.

도, 레, 미, 파, 솔, 라, 시, 도. 어린아이가 계단을 하나씩 확인하 면서 오르듯 줄을 누르고 팅기는 손가락의 움직임이 좀 답답했다. 그래도 다시 한번 도, 레, 미, 파, 솔, 라, 시, 도를 쳤다.

'됐다!'

느려 터지긴 했지만 도부터 그다음 도까지 쳤다. 여전히 손가락 의 움직임은 어색했지만 소리는 났다.

어쩌면 기타를 칠 수 있을지도 모른다. 나도 반에서 인싸가 될 수 있을지도 모른다! 기타와 친해지기까지 조금 힘이 들 것 같지만 말이다.

형아 기타야! 앞으로 잘 부탁한다! 아니, 아니지, 이젠 내 기타지!

새로운 시작

♪

입학식 당일은 무척 추웠다. 4월이라고 해도 삿포로에는 아직 '봄 준비 중'이라는 팻말이 걸린 느낌이다. 눈이 아직 이곳저곳에 남아 있고 가는 고드름이 처마 밑에 매달려 있다. 엄마는 겨울 코트를 꺼내 왔지만 나는 딱 잘라 거절했다. 이제 중학생이고 교복을 입으니까. 물론 춥긴 추울 것이다. 하지만 지금 6학년 때 입던 코트를 다시 입는다면 초등학생 때의 마음가짐으로 돌아가 버릴 것 같다. 결국 나는 학교에 도착하기까지 연신 터져 나오는 재채기 때문에 어깨를 들썩이며 걸어야 했다.

체육관에서 열린 입학식까지는 그래도 괜찮았다. 그런데 식이 끝나고 4층에 있는 1학년 1반 교실에 들어서는 순간 소외감이 온몸으로 느껴졌다. 이 중학교에는 크게 두 초등학교 졸업생이 들어온다. 내가 다닌 근 강 서쪽에 있는 제1초등학교의 졸업생과 이 중학교와 가까운 제2초등학교의 졸업생이다. 그런데 우리 제1초등학교보다는 제2초등학교 아이들이 많아 보였다. 심장이 세차게 뛰었다.

모두 유창하게 자기소개를 했다. 웃음을 유도하기도 하고 주저 없이 자신의 장점을 어필하기도 했다. 지금 말하는 아이 역시 "안녕하세요. 가이토라고 합니다. 친구 100명 만들기가 목표입니다"라고 말해 교실 분위기를 달구었다. 내 순서가 다가온다. 어떡하지?

"자, 다음은 후지이."

담임인 기시노 선생님이 내 이름을 불렀다. 선생님은 나이가 꽤 많아 보였다. 이마에는 가로 주름이 몇 개 있었고, 코 밑에는 수염을 길렀다.

"네, 저는, 후지이 나오히로입니다. 유치원에서는 매화반이었습니다. 초등학교 1~2학년 때는 1반, 3~4학년 때는 2반이었고, 5~6학년 때는…"

달달 떨면서 말하는데 기시노 선생님이 중간에 끼어들었다.

"음, 자기소개니까 자신의 장점이랑 단점 같은 걸…. 그래, 장점은 20퍼센트 더 부풀려서 말해도 좋고."

'20퍼센트 더 부풀려서? 장점을?'

그 말을 듣고 나니 머릿속이 새하얗게 변했다. 기시노 선생님은 안절부절못하는 나를 바라봤다.

"저의 긴점은… 아, 아니아니 저의 장점은…"

기시노 선생님이 흰머리가 듬성듬성 난 머리를 긁적였다. 그때, 옆자리에 앉은 아이가 벌떡 일어났다.

"그러면 제가 해 볼게요. 제2초등학교에서 온 홋타 켄이라고 합니다. 저의 긴점은 얼굴입니다."

여기저기에서 웃음이 터져 나왔다.

"'홋타켄 홋타켄' 하고 불리다가 결국 홋토케가 되었습니다. 여러분도 그렇게 불러 주면 좋겠습니다. 좋아하는 과목은 음악과 사회입니다. 앞으로 잘 부탁합니다."

그 아이는 또렷한 눈으로 정면을 바라보고 있었다. 나는 조용히 자리에 앉았다.

그 후 다른 아이들의 자기소개가 이어졌다. "영어를 잘하고 싶습니다"라든지 "미술부에 들어가서 유화를 그리고 싶어요"라든지…. 나처럼 당황해서 아무 말이나 하는 애는 한 명도 없었다.

자기소개가 끝난 다음에는 중학교 가이드북을 나눠 받았다. 첫 페이지에는 학교의 역사, 교가, 목표 등이 쓰여 있었다. 그 뒤로 학교의 일과, 주요 행사, 동아리 소개 페이지가 이어졌다.

"자, 질문 있는 사람?"

기시노 선생님이 물었다.

그러자 누군가가 손을 들었다. '친구 100명'의 가이토였다.

"어, 그럼 시험은 언제…?"

그때 기시노 선생님이 바로 "존댓말로" 하고 미간을 찌푸렸다.

"초등학교와는 달라요. 선생님은 친구가 아닙니다. 존댓말을 쓰도록 하세요."

기시노 선생님의 한마디에 교실에는 긴장된 분위기가 감돌았다.

그 후로 나는 하루 종일 한마디도 하지 않았다. 프린트를 뒤로 넘길 때도, 화장실에 갈 때도. 아는 얼굴이 아주 없는 건 아니었다. 같은 초등학교를 나온 아이도 보였다. 그런데도 나는 두려움과 긴장감으로 얼어붙어 아무에게도 말을 걸지 못했다.

중학교 1학년의 첫날 수업이 끝났다. 이제 다 함께 책상을 교실 뒤로 밀고 청소를 할 차례다. 나는 초등학교에서 매일 하던 대로 의자를 뒤집어 책상 위에 올렸다. 그랬더니 "어?" 하고 한 여자아이가 나를 쳐다봤다. 그 아이는 의자를 책상 안에 밀어 넣은 상태로 뒤로 밀고 있었다. 자기소개 시간에 귀엽다는 인상을 준 다자키 리코라는 아이였다.

"의자를 왜 올려?"

단발 머리를 한 다자키는 큰 눈을 동그랗게 뜨고 물었다.

왜냐고 물어볼 것도 없다. 이 방법밖에 모르니까. 제1초등학교 방식이다.

"그렇게 안 해도 되는데. 그대로 뒤로 밀면 돼."

다자키는 책상의 옆을 잡고 밀었다. 그러자 의자도 같이 뒤로 밀렸다.

"이렇게 하면 청소가 쉬워져."

그런가. 의자를 위로 올리는 게 낫지 않나 하고 생각했지만 귀찮은 건 질색이다. 이해는 되지 않았지만 나는 의자를 원래대로 돌려놓고 책상을 그대로 뒤로 밀었다. 그러자 다자키는 더는 말을 걸지 않았다.

아, 기 빨려. 학교는 정말 너무 지친다. 거의 쓰러질 듯 집으로 돌아와 나는 그대로 잠이 들어 버렸다.

다음 날 아침, 초등학생들이 서로 인사를 나누며 제1초등학교 쪽으로 걸어가는 모습이 보였다. 나도 모르게 책가방을 멘 그 뒷모습을 눈으로 쫓았다. 초등학교 교문은 '입학 축하해요'라고 쓰인 알록달록한 종이로 장식되어 있었다. 나는 더 이상 저 문으로 들어갈 수 없다. 무거운 마음을 안고 중학교로 향해야 한다.

중학교로 가려면 큰 강을 건너야 한다. 높이 솟아 있는 다리는 중간 지점까지가 오르막으로 되어 있어서, 올라갈 때 다리가 꽤 아프다.

다리를 건너면 제2초등학교의 통학 구역이다. 아직은 익숙하지 않은 곳이다. 자주 가는 편의점과는 다른 브랜드의 편의점이 있고, 쓰레기동 주변도 왠지 지저분하다. 그래서인지 중학교가 가까워질

수록 긴장감도 높아진다.

앞쪽에 여학생 서너 명이 깔깔거리며 걷고 있었다. 맨 앞에 있는 아이는 다자키인 것 같다. 여자아이들은 "리코링 차례야"라고 하면서 앞에 걸어가는 남자아이에게 뭐라고 하고 있었다. 남자아이는 가이토인 것 같다. 가이토는 장난을 치며 여자아이들의 대화에 자연스럽게 섞여 들었다.

'하아.'

한숨을 쉬며 옆을 보고 걷다가 공중전화 부스에 부딪혔다. 아직 이런 게 있다니…. 제2초등학교 근처는 왜 이렇게 촌스러운 거야.

1교시에는 학급위원을 뽑았다. 반장, 부반장, 생활위원, 방송위원 등을 뽑았는데 나와는 상관없는 일이었다. 초등학교 때는 반의 모두가 위원을 맡아야 했지만, 중학교는 뽑힌 사람만 하면 되었다. 곧 누군가가 뽑히겠지, 생각하면서 멍하게 있는데 기시노 선생님이 나를 지명했다.

"문화위원 어떨 거 같니?"

"네?"

"한번 해 볼래?"

나는 놀라서 양손을 급하게 휘저었다.

"그러면 누굴 추천하든지."

할 수 있을 리가 없다. 아직 아이들 이름도 못 외웠고 반 분위기도 파악하지 못했다. 선생님은 모를 수도 있지만, 이제 보이지 않는 서열도 생길 것이다. 추천도 못 하겠다고 말하려는데 누군가가 나를 보며 "나, 나" 하고 속삭였다. 자세히 보니 가이토였다. 가이토는 몸을 앞으로 내밀고 열심히 나에게 어필했다. 하지만 나는 가이토가 문화위원에 적합한지, 아니, 그 전에 가이토가 어떤 아이인지조차 모른다. 눈을 피하니 가이토는 "야, 야, 무시하냐?" 하면서 과장된 제스처를 취했다. 그러자 곧 주변 아이들이 킥킥 웃기 시작했다. 더 이상 어쩔 수 없어서 나는 "저 친구를 추천합니다" 하고 가이토를 가리켰다. 아이들이 웃었지만 별수 없었다. 그러자 기시노 선생님이 말했다.

"그래? 그러면 너랑 가이토랑 같이 하는 걸로."

"네? 제가 왜…?"

내가 하기 싫어서 다른 사람을 추천했는데…. 그런 내 마음을 아는지 모르는지 가이토는 잘해 보자고 밝은 목소리로 말했다. "땡땡이칠지도 모르지만" 하고 덧붙이는 것도 잊지 않는다. 귀찮은 일을 떠맡아 버렸다.

수업이 본격적으로 시작되면서 다양한 선생님을 만났다. 자세가 중요하다고 의자에 앉는 방법부터 가르치는 수학 선생님, 수업 자료가 지나치게 많은 사회 선생님, "그러면"만 계속 반복하는 선생님, 다정한 선생님…. 담임인 기시노 선생님은 미술 선생님으로 흰색 가운을 입고 수업을 한다. 아니, 흰옷이라고 말하긴 좀 힘들다. 가운 여기저기에 물감 얼룩이 남아 있었다. 가운을 안 빠는 건가.

영어 수업은 인사부터 시작했다.

"헬로, 에브리원."

"헬로, 미즈 다나카."

"제대로 '미즈'라고 발음해야 해요. 미스도 아니고 미세스도 아니에요."

다나카 선생님은 유학하고 돌아온 지 얼마 되지 않았다고 했다. 제대로 화장한 얼굴에 빨간색 안경을 끼고 있었다.

"하우 아 유?"

"아임 파인 땡큐. 앤 유?"

"파인."

수업 때마다 이렇게 인사를 한다고 한다. 당장은 다 외울 수 없을 것 같은데, 당황한 사람은 나 하나 정도고 모두 막힘이 없다. 다자키는 '유치원 때부터 영어회화를 배웠습니다' 하는 얼굴로 이런 것쯤은 별것 아니라는 듯 또박또박 발음했다. 그에 비해 내 발음은 왠지 모르게 딱딱하고 어색했다.

점심시간이 되어서야 마음이 조금 놓였다. 급식으로 나온 빵은 초등학교 때보다 조금 더 커진 것 같았다. 더 맛있기도 했다. 이 시간쯤 되면 배가 너무 고프다. 4교시에는 배에서 소리가 나지 않도록 신경을 써야 할 정도다.

점심시간에는 책상 여섯 개를 붙여서 모둠별로 급식을 먹는다. 그런데 우유팩을 정리하는 방법이 조금 놀라웠다. 우유를 다 마시면 모둠별로 하나로 모아 정리한다. 한 사람이 우유팩의 윗부분을 사방으로 크게 열어서 직육면체를 만든다. 그러면 나머지가 각자의 우유팩을 납작하게 만들어 그 안에 가지런하게 넣는 거였다. 가장 먼저 우유를 마신 남자아이가 상자를 만들었다. 그러자 여자아이 하나가 우유팩을 넣었다. 나도 넣으려고 했더니 그 여자아이가 말했다.

"내 거 옆에 딱 붙이지 마."

"응?"

"조금 떨어트려서 넣으라고."

무슨 말인지 이해가 되지 않았다. 모둠별로 같이 정리해야 하니까 딱 붙일 수밖에 없는 거 아닌가? 그런데도 얘는 싫은 얼굴을 하고 있다.

'날 싫어하나 봐.'

어찌할 수 없는 부족한 점이 나에게 있다는 사실은 알고 있다. 나는 생각한 것을 말로 제대로 표현하지 못하는 데다가 불만이 있어도 적극적으로 해결하려고 하지 않는다. 그때마다 부정적인 감정이 그대로 쌓이는지 무언가가 몸을 짓누르는 것 같아 언제나 다른 사람보다 행동이 느리다. 이제 중학생도 되었으니 이 문제를 어떻게든 해결하고 싶었지만, 아직 방법을 찾지 못했다. '다른 애들도 내 못난 점을 다 알아보는구나'라고 생각하고 있는데 누군가가 뭐 하는 거냐며 손을 뻗었다. 가이토였다.

"이건 모둠별로 모아서 정리하는 거야."

가이토는 내 우유팩을 낚아채 직육면체 우유팩 안으로 쑥 넣었다.

"엑. 뭐야."

"이게 중학교의 규칙입니다~"

가이토가 이상한 멜로디를 붙여 말하자 여자아이는 입을 다물었다.

"가이토, 넌 항상 네 마음대로야."

"억지 마이 웨이~"

가이토는 무슨 말이든 이상한 노래로 만들어 버린다.

집에 돌아오니 엄마가 물었다.

"학교는 어때? 슬슬 적응이 되니?"

나는 엄마의 말을 무시하고 물을 단숨에 들이켰다. 그러자 교복을 옷걸이에 걸라는 둥 내일 학교 갈 준비를 하라는 둥 귀찮은 잔소리가 이어졌다.

엄마는 편의점 유니폼을 입고 있었다. 엄마가 일하는 편의점의 유니폼은 오렌지색이다. 이제 곧 아르바이트를 하러 갈 시간이라는 뜻이다.

"배고파!"

"너 요즘 배고프다는 말밖에 안 하는 거 아니?"

엄마는 냉장고에서 얼려 둔 주먹밥을 꺼냈다. 주먹밥은 순서대로 착착 돌아가는 컨베이어 벨트 위의 작업물처럼 전자레인지로 들어갔다. 나는 "땡!" 하는 소리를 기다리지 못하고 주먹밥을 꺼냈다.

"중학교는 어때?"

먹고 있으니 대답을 할 수 없다.

"친구는 생겼고?"

귀찮으니까 대답은 하지 않는다.

나는 2층 내 방으로 올라갔다. 기타는 그 자리에 그대로 있었다. 책상 옆에서 나를 기다리고 있었다. 그것만으로도 왠지 모르게 안심이 되었다.

나는 기타를 잡고 먼저 도레미를 쳐 봤다. 기억이 날까, 불안했지만 도레미의 음계는 완벽했다. 기분이 좋아졌다. 이번에는 거꾸로···. 도시라솔파미레도!

'좋았어!'

나는 그제야 교복을 갈아입을 마음이 들어 잠옷으로도 입는 추리닝으로 갈아입었다. 그리고 며칠 전에 봤던 인터넷 사이트에 들어갔다. 좀 살펴보니 알파벳 같은 게 쓰여 있었다. '코드'라는 것이었다. 코드는 손가락으로 몇 개의 음을 눌러서 내는 화음이라고 한다. 도미솔이나 도파레 같은 거. 코드는 영어로만 되어 있나? C코드가 도미솔이란다. G코드는 솔시레. 계속 보다 보니 코드 일람표가 나왔다. 그런데 C코드와 비슷한 코드가 아주 많았다. C코드는 C코드인데 알파벳 C 뒤에 영어와 숫자가 작게 마구 쓰여 있었다. 이걸 다 외워야 하는 건가? 좀 어려울 거 같은데. 간단한 건 없나? 밑으로 계속 내려 보니 손가락 두 개로 칠 수 있는 코드가 나왔다. Em이라고 쓰고 이마이너라고 읽는다고 한다. 음, 그러니까 3번 손가락으로 2프렛의 5번 줄을 누른다. 3번 손가락이 중지인가. 동시에 2프렛의 4번 줄을 4번 손가락으로, 그러니까 약지로 누른다? 손가락에도 번호가 있는 모양인데 숫자가 많아서 헷갈리기 시작한다. 나는 어렵게 어렵게 Em코드를 집고 여섯 개의 줄을 한 번에 튕기며 소리를 냈다.

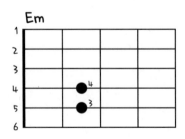

"오… 괜찮은데?"

조금 부족하지만 처음 소리를 낸, 기념할 만한 Em다. 해냈다, 해 냈어. 그러면 하나 더 도전! 나는 간단해 보이는 다른 코드를 찾았 다. Am(에이마이너)가 좋을 것 같다.

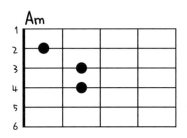

'오, 괜찮은데?'

Am, 그리고 조금 전의 Em. 두 개, 두 개나 성공했다!

'와 대박.'

왠지 눈물이 날 것 같았다. 중학교라는 파도에 올라타지 못하고 혼자 바닷물에 빠져 허우적거렸다. 차가운 시선을 두려워했다. 그 런데 그런 내가 코드를 두 개, 무려 두 개나 외웠다!

E코드 다음에는 F코드가 있었다.

"아하, 이게 F코드구나!"

형은 F코드가 되면 기타를 가르쳐 주겠다고 했다. 그런데 F코드 는 운지법만 봐도 꽤 어려울 것 같았다. 뭐야 이거. 검은 점이 몇 개 나 있는 거야? 손가락이 더 있어야 하는 거 아냐?

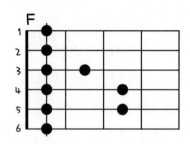

'아우, 이건…'

F코드는 아직 무리인 것 같다.

난감한 숙제

♪

학교로 가는 길에는 큰 나무가 쭉 늘어서 있다. 무슨 나무일까? 아직 잎도 없고 꽃도 피지 않아서 모르겠다. 거친 나뭇가지는 전선 위까지 자라 있었다. 턱을 들고 보고 있는데 가이토가 어깨를 두드렸다. 처음 있는 일이다.

"요!"

"엇, 안녕."

"나무에 뭐 있어?"

"음⋯."

내가 애매하게 대답하니 가이토는 코를 찡긋거리며 다른 말을 했다.

"야, 기시노티 진짜 귀찮지 않냐?"

처음에는 무슨 말인가 했는데 '기시노 티처'를 줄인 말 같았다.

"어때? 기시노 선생님보다는 기시노티가 더 어울리지 않냐?"

그 미묘한 차이를 알 것도 같다… 만 가이토, 나는 아직 너라는 아이도 잘 모르겠다.

"저기, 오늘 수업 끝나고 문화위원회가 있잖아."

예감이 좋지 않다.

"나는 좀…."

역시. 내 예감은 꽤 잘 맞는다. 나쁜 예감은 특히 더. 가이토는 예상대로 위원회에 참석하지 못한다고 했다. 첫 번째 모임인데? 서로 처음 얼굴을 보는 자리인데 가이토가 없다면 나 혼자 가야 한다.

"정말 못 가는 거야?"

"어. 정말 못 가."

수업이 끝나 갈수록 기분이 점점 더 다운되었다. 정말 못 가는지 다시 물어보려고 했지만, 가이토는 나에게 잘 부탁한다고 말하고는 곧장 집으로 가 버렸다.

위원회는 3층 교실에서 열린다. 3층은 3학년이 쓰는 층이었는데, 그 사실만으로도 긴장이 되었다. 나는 한숨을 쉬며 계단을 터벅터벅 내려갔다.

"4월 15일, 제1회 문화위원회를 시작하겠습니다!"

지도교사는 영어를 가르치는 다나카 선생님이다. 자기소개 시간

부터 가졌는데, 중간에 한번 머뭇거리긴 했지만 어떻게 잘 넘어갔
다. 이것만으로도 큰일을 하나 끝낸 것처럼 힘이 빠졌다. 그다음에
는 선생님의 진행으로 위원장과 의장을 정했다. 그 이후에는 임원
들이 위원회를 진행했다.

"그러면 오늘의 의제로 들어가겠습니다."

의장이 척척 진행하는 동안 나는 계속 바닥만 쳐다보고 있었다.
지명을 당해도 곤란하고 눈에 띄는 것도 싫다. 나는 신발끈 주변만
보다가 돌이 되어 버렸다.

"…그러면 잘 부탁드립니다!"

이 말에 깜짝 놀라 정신을 차렸다. 그대로 잠이 들었던 모양이다.
그사이 위원들은 소란스레 자리에서 일어나 교실을 나갔다.

'뭘? 뭘 한다는 거지…'

어느새 눈앞에는 프린트가 놓여 있었다.

'신입생 환영회의 성공을 위해…?'

그래, 이거였지. 앞부분은 들은 기억이 났다. 1학년들이 중학교
생활에 빨리 적응하도록 도울 수 있는 방법을 논의하자고 했다. 그
래서…?

모두 빠르게 교실을 빠져나갔고, 몇 명만 남아 있었다. 나는 책상
모서리에 허리를 부딪혀 가며 급하게 앞쪽에 있는 위원장에게 다가
갔다.

"저기…."

들리지 않은 것 같았다. 목소리를 좀 더 높였다.

"저기…."

위원장은 회의 노트를 정리하면서 나를 쳐다봤다.

"일어났어?"

위원장은 웃으며 말했다. 이가 새하얬다.

"거기서 그렇게 자면 정말 잘 보여."

"아니, 잔 건 아닌데…."

"배짱이 좋네."

얼굴이 화끈거렸다.

"그래서 할 말은?"

"뭘, 그러니까 뭐를…."

위원장은 곤란한 것 같기도 하고 웃는 것 같기도 한 얼굴로 오늘 회의 내용을 다시 짚어 주었다. 5월 10일에 신입생 환영회가 있으니 합창이든 합주든 각 반에서 하나씩 준비를 하라는 것이다. 그렇지만 1학년은 아직 입학한 지 얼마 되지 않았으니 간단하게 한 명이 반을 대표해 글을 낭독하는 것도 괜찮다고 조언해 주었다.

"그러면 그걸 어떻게 정하는 거예요?"

위원장은 내 얼굴을 물끄러미 쳐다봤다. '이 녀석, 정말 아무것도 모르네' 하는 얼굴이다.

"자율활동 시간 있잖아. 그때 문화위원회에서 신입생 환영회를 한다고 하는데 우리 반은 뭘 하면 좋을까, 하고 의논해 봐."

"누가⋯."

"네가."

위원장의 손가락은 나를 가리켰다.

"아⋯ 내가⋯."

나는 고개를 세차게 흔들었다.

"잘 부탁한다. 연휴 전에 결정해서 나한테 알려 줘."

위원장은 친구들과 복도로 나가 버렸다. 나는 혼자 덩그러니 남겨졌다.

'돌겠네. 그러니까 내가 하기 싫다고 했잖아.'

세상에는 뭐든 간단하게 해 버리는 사람이 있는가 하면 그렇지 못한 사람도 있다. 나는 당연히 후자다. 전자의 사람들이 간단하게 해 버리는 것도 나는 망설인다. 어느 쪽인지, 어떻게 해야 하는지⋯. 이것저것 생각하는 사이에 나쁜 쪽으로 더 깊이 빠져 버린다.

'우리 반에 가서 말한다⋯. 내가 우리 반 아이들한테 말한다⋯.'

나는 완전히 풀이 죽은 채 집으로 향했다. 아침보다 책가방이 몇 배나 더 무거웠다. 자율활동 시간에 말을 한다고? 기시노 선생님에게 부탁해야 하나? 반장에게 말할까? 언제, 어떻게? 어떤 식으로? 아침에 말하나? 쉬는 시간에? 아니면 종례 시간에?

통학로의 나무는 내가 가는 방향으로 쭉 늘어서 있었는데, 나보다 훨씬 키가 큰 데다가 얇은 가지는 날카로워서 마치 칼 같았다. 왠지 무서웠다.

제2초등학교 통학 구역에서 다리를 건너 제1초등학교 가까이 가니 문어공원이 눈에 들어왔다. 초등학생 때는 여기서 혼자 자주 놀았다. 나는 다리가 여덟 개인 문어 모양 미끄럼틀의 높은 곳까지 올라가 봤다. 내가 좋아하는 건 가장 심하게 휜 다리였다.

나는 책가방을 두고 미끄럼틀을 탔다. 어지러울 정도로 스릴을 느끼고 싶었는데, 싱겁게 끝나 버렸다. 이럴 리가 없는데…. 커브가 엄청 심해서 분명 재미있었는데….

다시 타 봤다. 그렇지만 똑같았다. 문어공원은 더 이상 나에게 즐거운 공간이 아니었다. 때마침 초등학생 몇 명이 미끄럼틀로 올라와서 나는 쫓기듯 공원을 나왔다. 아이들은 함성을 지르며 미끄럼틀을 탔다. 조금 지나니 미끄럼틀 위를 오르내리면서 술래잡기도 했다. 벌써 반팔을 입은 아이도 있었다.

아, 이거… 이 익숙한 감각. 혼자 소외되던 이 느낌. 모두가 즐겁게 놀고 있는데 나는 그 속으로 들어가지 못한다. 어느새 신나게 노는 아이들을 바라보는 쪽이 되어 버린다. 나도 놀고 싶다. 즐기고 싶다. 하지만 얇은 막 같은 게 있어서 그 안으로 들어가지 못한다. 조금 있으니 아이들의 소리가 멀어진다. 기다리라고 하려 해도, 따라

가려고 해도 아이들의 소리는 나보다 훨씬 빠른 속도로 사라진다.

나는 책가방을 메고 집으로 돌아왔다. 집에 도착하니 엄마가 갑자기 이게 뭐냐며 내 엉덩이를 때렸다.

"엉덩이가 왜 이렇게 하얘졌대?"

'하얗다고?'

엄마는 비싼 바지를 왜 이렇게 만들었냐며 연신 엉덩이를 두드렸다. 나는 도망치듯 2층 내 방으로 뛰어 들어갔다.

교복을 벗어 바지를 보니 엉덩이 부분이 더러워져 있었다.

'되는 일이 하나도 없어.'

나는 침대 안으로 깊숙이 들어갔다.

즉흥 연주

C

내가 자고 있는 동안 지구는 한 바퀴를 마저 돌았구나. 눈을 떠 보니 참새가 짹짹 우는 아침이 되어 있었다. 자리에서 일어나려는 데, 배꼽 주위가 쿡쿡 쑤시는 것 같았다. 나는 몸을 웅크렸다. 얼마 있지 않아 엄마가 방에 들어왔다.

"왜 안 일어나? 늦겠다."

"엄마, 나 오늘 학교 안 가면 안 돼…?"

엄마는 내 얼굴을 빤히 바라봤다.

"감기?"

"어…."

나는 힘없는 목소리로 대답했다.

"너 어제 혼자 문어공원에서 미끄럼틀 타고 놀았다면서. 괜찮니?"

누군가에게 들은 모양이다. 엄마의 정보망은 정말 최고다. 엄마는 이불을 확 걷어 내고 단호하게 말했다.

"교복 입고 학교 가. 일단 가 보고 도저히 안 되겠으면 조퇴해."

그래도 일어나지 않는 나에게 엄마는 들으라는 듯 한숨을 크게 쉬었다.

"이를 어째. 나오타카는 이런 적이 없었는데…"

엄마의 시선이 기타에 머물렀다.

"어쩔 수 없네. 감기 기운 있는 거면 죽이라도 끓일까? 맛있는 매실장아찌가 있거든."

엄마는 쿵쿵 소리를 내며 계단을 내려갔다. 나는 천천히 일어나 숨을 깊이 쉬었다. 형이랑 비교당하는 건 곤란하다. 형은 뭐든 잘하지만, 나는….

몸을 누르는 그 무언가는 아주 끈질겼다. 그것은 어제 문어공원에서도 떨어져 나가지 않았고 12시간이 넘도록 잤는데도 사라지지 않고 계속 내 몸을 짓눌렀다.

추리닝 차림 그대로 1층으로 내려가니 TV가 켜져 있었다. 엄마가 매일 보는 아침 정보 방송이다. 식탁에는 매실장아찌가 올라간 김이 나는 죽이 놓여 있었다.

"엄마 출근한다."

엄마가 리모컨 스위치를 눌러 TV를 껐다.

"어?"

"왜, 보고 있었어?"

"아, 아니야."

"볼 거야, 말 거야?"

내가 아무 대답도 하지 않자 엄마는 리모컨을 테이블 위에 놓았다. 할 말이 가득한 얼굴이다.

"그럼 엄마 나간다. 학교에는 지각한다고 연락해 뒀어."

엄마는 현관으로 향했다. 곧 딸깍하고 열쇠 잠그는 소리가 났다.

적막한 것도 아니고, 시끄러운 것도 아니고, 방에서 무슨 소리가 희미하게 들리는 것 같았다. 이런 느낌이 정말 싫다. 차라리 누군가가 신나게 웃고 떠들어 주면 좋겠다. 나는 그저 바라보겠지만, 그래도 사람들이 즐거워 보이면 기분이 좋아진다.

나는 일단 죽을 후후 불어 먹었다.

'일단은… 가이토에게 말해야겠다. 지각은 쪽팔리지만 죽은 다 먹고 가야지.'

교복을 입는 시간이 평소보다 몇 배나 더 걸렸다.

"이야- 간도 크다? 사장님인 줄 알았네?"

가이토는 내가 교실에 들어가자마자 큰 소리로 말했다. 의미는 알 수 없지만 분명 좋은 뜻은 아니겠지. 쉬고 있던 아이들이 나를 힐끗 봤지만 일시정지 후 다시 재생되는 영상처럼 바로 하던 일을 계속했다.

"아, 저기, 있잖아."

나는 더듬거리며 가이토에게 문화위원회에서 나왔던 이야기를 전했다. 학교까지 걸어오면서 몇 번이고 연습한 말이다. 가이토는 "흠" 하면서 내 이야기를 들었다.

"그래서 우리 반도 뭘 할지 정해야 한다는 거네."

"맞아."

전달이 잘 되었다. 마음이 놓였다.

가이토는 교실 천장을 한번 보더니 자기에게 맡기라고 말하고는 나풀나풀 나는 연처럼 칠판 쪽으로 가 버렸다.

그제서야 배가 좀 가라앉는 느낌이 들었다. 제대로 말했다. 위원회 이야기를 제대로 전달했다. 가이토는 자기에게 맡기라고 했다. 그렇다면 이제 괜찮은 것이다. 해결되었다. 뒷일은 가이토가 알아서 잘 처리할 것이다.

수업 시작종이 울리는데, 배에서 꼬르륵 소리가 났다. 아, 죽밖에 안 먹었지….

"헬로 에브리원!"

다나카 선생님이 교실로 들어왔다.

"아임 파인 땡큐. 앤 유?"

"파인" 하고 대답하면서 나는 급하게 영어 수업을 준비했다.

* * *

4층 가장 구석에 있는 음악실은 은신처 같은 곳이다. 수많은 교실 중에 이 교실에만 초록색 카펫이 깔려 있다. 교실에 들어가자마자 신발을 벗어야 하는 게 좀 귀찮지만 방음 때문에 깔아 놓은 것 같다.

앞으로 나는 가이토, 훗타와 함께 셋이서 일주일에 한 번 이곳을 청소해야 한다. 청소라고 하지만 청소롤러를 굴려서 먼지를 없애고 책상을 정리하는 정도다.

음악실은 사람들이 잘 드나들지 않아서 좋다. 조금 어두운 것도 마음에 든다. 그랜드피아노는 조금 높은 곳에 있는데, 그 옆에 나무로 만든 멋진 지휘대도 있다.

"팀파니, 아! 드럼 세트도 있네."

훗타가 음악실 뒤쪽으로 달려갔다. 심벌즈와 작은북, 중간 크기의 북이 쭉 놓여 있었다. 훗타가 드럼 세트 중앙에 앉아 발로 페달을 한 번 밟았다. 그러자 베이스드럼의 낮은 소리가 울렸다. 훗타는 드럼도 칠 수 있나 보다. 가볍게 스틱을 잡은 두 손이 교차하면서 리듬을 새긴다. 가이토도 큰 실로폰 채를 꺼내더니 팀파니를 치기 시작했다.

음악 연표 아래에는 기타가 열 대 정도 놓여 있었다. 가이토가 그냥 둘 리 없다. 그중 한 대를 꺼내서 요란스럽게 기타 소리를 냈다.

'그게 아닌데…'

앗, 나도 모르게 손을 뻗고 말았다.

"뭐야, 칠 줄 알아?"

"아니, 그게…"

"어, 의왼데?"

가이토가 내게 기타를 내밀었다. 기타는 갈색으로, 형이 준 기타와는 종류가 다른 클래식기타인 것 같았다. 줄도 철사로 만들어진 것 같지 않았다.

"한번 해 봐."

할 수 있을까? 흠, 줄은 똑같이 여섯 개… 분명 집에서 연습한 것처럼 치면 될 것이다. 나는 기타를 받아서 Am코드를 잡기 위해 손을 움직였다. 우리 집 기타보다 넥의 폭이 조금 더 넓었다.

"어? 어어? 진짜 칠 줄 아나 보네."

가이토가 떠보는 것 같아 나는 줄을 하나씩 끊어서 소리를 냈다. 홋타도 가까이 다가왔다.

"오- 칠 줄 아네."

바로 기타를 돌려주려고 하는데 가이토가 한 번만 더 쳐 달라고 말했다. 나는 집에서 기타를 칠 때처럼 한 번에 여섯 줄을 튕겼다.

"와, 잘하는데? 다시!"

나는 다시 소리를 냈다. 그러자….

청소 같은 건~♪

가이토가 마음대로 멜로디를 붙여 노래를 부르기 시작했다.

"뭐야?"

"계속해, 계속!"

가이토가 재촉했다. 자, 그러면 다음은 Em. 홋타가 놀란 표정을 지었다. 왠지 모르지겠만 기분이 좀 좋아졌다.

귀찮아~♪

Am로 돌아가서!

청소 같은 건~♪

Em.

안 해도 돼~♪

홋타가 경쾌하게 드럼 소리를 내기 시작했다. 그러자 가이토가 노래를 하며 엄지손가락을 척 들어 올렸다. 나는 다시 Am를 잡았다.

청소 같은 건~♪

가이토의 목소리가 조금 더 커졌다. 다시 Em.

귀찮아~♪

기타가 흘러내릴 것 같아 어깨끈을 고쳐 멨다.

여기는 하나!♪

가이토가 소리를 지르는 순간, 음악실 문이 열렸다.

"지금 뭣들 하는 거야? 어쩐지 시끄럽다 했더니!"

기시노 선생님이었다.

기시노 선생님의 말이 끝나기도 전에 가이토가 쏜살같이 신발을 들고 복도로 도망쳤다. 홋타와 나도 한 박자 늦게 뒤를 따랐다. 기다리라고 소리치는 기시노 선생님의 목소리가 복도에 울렸다. 하지만 그럴 수는 없었다. 복도를 달리다 보니 자꾸 미끄러지는 게 꼭 스케이트를 타는 것 같았다. 우리는 그대로 긴 복도 끝에서 반대쪽 끝까지 미끄러지듯 달려 다목적실로 들어갔다. 다목적실은 지역사회의 모임 같은 걸 하는 교실로, 책상도 의자도 없었다.

"하하하!"

"와하하!"

"큭큭큭!"

우리 셋은 웃으며 들고 온 신발을 신었다. 그때, 가이토가 기타 치는 시늉을 하며 노래를 다시 시작했다.

청소 같은 건~ 장~♪

기타 소리도 입으로 냈다.

그러자 홋타가 창가에 있는 선반을 톡톡 두드렸다.

안 해도 돼~ 장~♪

나도 가이토처럼 기타를 연주하는 척했다.

기시노 티는~ 장~♪

가이토가 가사를 바꿨다. 어떻게 부르려고 그러지?

할아버지니까~ 장~♪

"할아버지니까 뭐?"

눈썹에도~ 장~♪

훗타와 나는 어리둥절했다.

흰머리가 있어~ 장~♪

웃음이 폭발했다.

"요건 너무했나?"

우리 둘은 아직 웃고 있었다. 사실, 굉장한 일이다. 노래가 되다 니! 가이토도 훗타도 만족한 듯 보였다. 나도 환하게 웃었다.

조금 더 이렇게 있고 싶었지만 가이토는 시간이 다 되었다며 급하 게 갈 준비를 했다. 훗타도 시간을 보더니 고개를 끄덕였다. 가이토 는 훗타와 인사를 나누고 다목적실을 나갔다.

훗타는 아쉬운 듯 다시 선반을 두드리고 있었다. 조금 전의 노래 를 떠올리는 건가?

"가이토와 같은 초등학교였어?"

"응."

대답이 심플하다.

"친구?"

"글쎄."

예상치 못한 대답에 당황하는 사이에 갑자기 홋타가 말했다.

"근데 아는 코드, 두 개가 전부야?"

근처에 있는 절에서 종소리가 크게 들렸다.

어쩌다 데뷔

♩.

　오늘은 4월의 마지막 주. 아침부터 두 시간 연속으로 기시노 선생님의 미술 수업 시간이다. 학생 중 하나가 모델이 되어 교탁 위에 섰고 모두 진한 연필로 그 아이를 그렸다. 크로키라는 걸 하는 중이다. 흰색 가운을 입은 선생님이 모델인 세이노의 오른손을 옆으로 쭉 당기며 왼손은 허리에 얹고, 시선은 똑바로 앞을 향하게 했다. 포즈가 마치 홋카이도대학에 있는 클라크 박사 동상 같다.

　"이렇게 계속 있어야 돼요?"

　"그래. 거기, 검지도 세워 봐."

　세이노는 손가락으로 창밖을 가리킨 채 가만히 서 있었다. 세이노와는 아직 이야기를 나눈 적이 없다. 나는 세이노의 팔이 길다고 생각하면서 선을 그리고 지우기를 반복했다. 그러는 동안 기시노 선생님이 가까이 다가왔다. 뭐라고 할까 봐 잠시 신경이 쓰였지만,

아무 말도 없었다. 선생님에게서 물감 냄새가 났다. 흰색 가운이라고는 하지만 여기는 빨갛고 저기는 파랗고 물감 자국이 이곳저곳에 낙서처럼 남아 있었다.

어디선가 들려오는 합창 소리가 신경 쓰였다. 분명 신입생 환영회를 준비하는 것이다. 우리 반은 가이토가 알아서 한다고 했지만, 정말 이대로 있어도 괜찮을까? 문화위원장은 합창이 많을 거라고 말했다. 시간적으로도 합창이 좋을 거라는 말도. 우리 반은….

기시노 선생님은 허리에 손을 얹고 창밖을 보고 있었다. 허리라도 아픈 걸까? 항상 저 포즈다. 나는 그림을 그리며 홋타에게 말을 걸었다.

"뭐 좀 물어봐도 돼?"

"간단한 거면."

나는 문화위원회 일에 대해서 말했다. 우리 반도 뭔가를 해야 한다고. 가이토가 알아서 한다고 했지만, 이렇게 신경을 끄고 있어도 되는지 걱정된다고.

"그 녀석 나름대로 생각이 있겠지."

홋타는 이제 마무리를 하고 있었다.

"그럴까?"

"못 믿어?"

바로 대답하지 못하는 나를 보며 홋타는 코웃음을 쳤다.

47

"알아서 한다고 했으니까 그냥 맡겨야지 뭐."

내가 바닥을 내려다보고 있으니 냉정한 말이 돌아왔다.

"못 믿겠으면 가이토와 직접 부딪쳐 보든지."

부딪치라는 말은 가이토에게 직접 물어보고 결론을 내라는 거겠지. 나도 그렇게 생각한다. 하지만 그게 가능하다면 상담 같은 건 하지 않았을 것이다.

"다 했다! 1등!"

가이토가 크게 외쳤다.

"아, 더는 못 하겠어."

세이노가 기진맥진한 얼굴로 주저앉았다. 반도 못 그린 나는 당황해서 급하게 손을 움직였다.

내 고민은 생각지 못하게 바로 해결되었다. 3학년인 문화위원장이 2교시가 끝나고 쉬는 시간에 우리 반으로 찾아왔기 때문이다.

"문화위원 좀 불러 주라."

나와 가이토는 복도로 나갔다.

"너네 뭐 할지 정했어? 아직 아무 말이 없어서."

아, 맞다. 알려 주었어야 했는데…. 나는 바닥을 바라봤다. 그런데 가이토가 웃으며 대답했다.

"아, 죄송합니다. 교문을 나서기 전까지 꼭 알려 드릴게요."

꼭 알려 드리겠다니, 어떻게 하겠다는 거지? 아직 반 아이들에게 말도 안 해 놓고선. 위원장이 가고 나서 가이토는 깜빡했다고 아무렇지도 않게 말했다. 어떻게 하면 저렇게 천하태평이지?

가이토가 따라오라고 해서 같이 2층 교무실로 향했다. 복도 모퉁이를 도는데 내 신발이 끼익 소리를 냈다.

"뭐야, 직각으로 구부러진 거야?"

가이토가 웃었다. 그렇게 이상했나? 가이토가 바로 뒤꿈치를 들고 끼익하면서 90도로 신발을 꺾어 보였다.

"그래, 넌 이제 '초크'야."

"뭐?"

"초크라고."

처음 듣는 별명에 멈칫했다.

"직각이고 이름도 '나오히로'잖아♥."

가이토는 혼자 킥킥거리며 복도를 깡충깡충 뛰어갔다.

2층에는 방송실과 교장실이 있다. 교장실 옆에 있는 교무실 앞에 도착하자 가이토는 조금의 망설임도 없이 바로 문을 열고 큰 목소리로 선생님을 불렀다.

♥ '직각(直角)'은 일본어로 '촛카쿠'라고 읽는데 주인공의 이름인 '나오히로(直大)'의 첫 글자도 음독으로 읽으면 '초크'가 된다.

"기시노티!"

나는 깜짝 놀랐다. 그러자 문 근처에 있던 다나카 선생님이 넌지시 일러 주었다.

"기시노 선생님 계시냐고 물어야지."

가이토가 배운 대로 따라 하자 다나카 선생님은 미술준비실로 가 보라고 했다.

"아잇, 선생님! 그걸 먼저 말해 줘야죠!"

가이토가 애교스럽게 말하자 근처에 있던 선생님들이 쿡쿡대며 웃었다. 가이토는 정말 신기하다. 분명 혼이 나고 있는데, 그런 상황에서도 상대방을 자기편으로 만들어 버린다.

"실례했습니다! 가자, 초크!"

가이토가 조금 전에 지은 별명으로 나를 불렀다. 뭔가 조금 부끄러웠지만, 나는 그대로 가이토를 따라갔다.

우리는 종종걸음으로 복도를 걸었다. 다음 목적지는 미술준비실이다. 4층, 음악실 바로 앞이다. 가이토는 계단을 두 칸씩 올라갔다. 나도 가이토를 따라 했다.

기시노 선생님은 그곳에 있었다. 미술준비실에서 커피 향이 나는 것 같았다. 가이토가 신입생 환영회에 대해서 말했다.

"이제 준비한다고? 어떻게 할 생각인데?"

기시노 선생님은 기분이 좋지 않아 보였다. 허리에 얹은 손이 부산스럽게 움직였다. '도대체 뭘 하려는 거야' 하는 얼굴로 반백의 머리를 긁적였다.

"우리가 알아서 할게요."

가이토가 말했다.

"응?"

그 '우리'에 나도 들어가는 건가?

"제가 어떻게든…."

"어떻게든?"

"산문이나 시 낭독 같은 거…."

"뭐, 이제 할 수 있는 건 그 정도겠지."

기시노 선생님은 못마땅한 얼굴을 했다.

"그렇죠! '할 수 있는 건 그 정도겠죠. 그러면 가 보겠습니다!"

가이토는 아까와 똑같은 말투다. 사태가 심각한데도 말이다. 우리는 복도로 나왔다.

"어떻게 할 건데?"

물어봐도 대답해 주지 않는다.

"저기, 가이토."

"나한테 맡겨. 지금 초집중. 뇌 풀가동 중."

가이토는 자신만만하게 웃어 보였다.

* * *

황금연휴도 있었는데 그사이 가이토에게서는 아무런 연락이 없었다. 누군가에게 작문을 부탁한다고 해도 연휴 기간에 쓰게 해야 하는데, 아무 준비도 하지 않는 것 같았다. 도대체 어떻게 할 생각인 건지….

드디어 황금연휴가 끝나는 10일이 되었다. 그리고 오늘은 신입생 환영회가 열리는 날이다.

중학교 체육관은 굉장히 넓다. 반으로 자른 어묵같이 생긴 지붕이 우리 머리 위를 확실히 지켜 주고 있다. 여기에 전교생이 모여 있는 것만으로도 온도가 확 올라간다. 무대를 옆에 두고 1학년과 2, 3학년이 서로 마주 보는 형태로 서 있었고, 그 중앙에 단상이 설치되어 있었다. 문화위원 몇 명은 벌써 그 앞에 서 있었다.

"지금부터 신입생 환영회를 시작하겠습니다."

사회자는 3학년 문화위원장이다.

"1학년 여러분, 이제 중학교 생활에는 익숙해졌나요?"

이 질문에 "네!" 하고 손을 든 것은 바로 가이토였다. 튀는 걸 정말 좋아하나 보다. 전교생이 가이토를 주목했고 체육관 곳곳에서 웃음이 터져 나왔다. 위원장은 헛기침을 한 번 하고 메모를 보고 진행을 시작했다.

"그러면 환영의 의미를 담아 2학년과 3학년이 교가 합창을 선물하겠습니다."

반주자와 지휘자가 준비하는 동안 "선물은 먹는 게 최곤데" 하는 가이토의 목소리가 다시 울려 퍼지자 기시노 선생님이 달려왔다. 킥킥거리는 웃음소리가 멈추지 않았다.

합창이 끝나자 나는 제정신이 아니었다. 나는 아직 우리 반이 뭘 하는지도 듣지 못했다. 알아서 하겠다는 말을 들은 후, 그 이상 물어보면 귀찮아질 거 같아서 모르는 척했다. 평소의 내 모습대로. 이상하게 휘둘려서 나중에 내가 곤란해지는 건 싫다.

아까부터 계속 가이토를 바라봤다. 가이토는 아주 자신만만한 표정이다. 원래 그런 건지, 너무 긴장해서 그런 건지, 나는 아직 가이토를 잘 모르겠다.

"이제 오늘의 주인공인 1학년의 무대가 있겠습니다. 1학년은 반별로 발표하되 순서는 제비뽑기로 정했습니다. 가장 먼저 3반, 다음이 2반, 1반이 마지막입니다. 그러면 3반부터 시작하겠습니다."

다섯 명이 단상으로 올라가 원고지를 펼쳤다. 한 명이 '중학생이 되어서'라는 작문을 읽고, 그다음 네 명이 시를 낭독했다. 때때로 혼자 몇 행을 읽기도 하고 네 사람의 목소리가 합쳐지기도 하는, 굉장히 멋진 시 낭독이었다.

다 같이 박수를 쳤고, 2반 차례가 되었다. 합창을 하는지 2반 아이들 모두 앞으로 나왔다. 2반이 준비하는 동안 우리 반의 뒤쪽을 살짝 봤더니 가이토가 없었다. 어디 간 거지? 화장실에 갔나? 아니면 교실? 합창이 끝나면 우리 반 차례인데.

대형이 맞춰지고 합창이 시작되었다. 언젠가 미술 수업 중에 어렴풋이 들었던 노래였다. 하지만 나는 편안하게 들을 수가 없었다. 가이토가 없어졌으니까. 이대로 가이토가 돌아오지 않으면 어떻게 하지? 위원장이 다음으로 우리 반을 부르면 뭘 할지 아무것도 모르는 반 아이들은 술렁거릴 것이다. 기시노 선생님이 문화위원 어딨냐며 전교생 앞에서 혼내면 어쩌지? 뭐라고 대답하지? 저는 아무것도 몰라요. 가이토가 전부….

그때 체육관 문이 쓱 열리며 가이토가 들어왔다. 역시 어딘가에 다녀온 모양이다. 돌아와 줘서 다행이라고 생각하는 순간, 가이토의 손에 들린 것이 눈에 들어와 깜짝 놀랐다. 가이토는 음악실에 있던 기타를 들고 있었다. 뭘 하려고 그러지? 가이토가 기타를 칠 줄 아나? 어떻게 하려고 그러지? 이제 어떻게 되는 거야? 혼란스러운 가운데 합창이 곧 끝날 것 같았다.

"감사합니다. 다음은 1학년 1반입니다. 나와 주세요."

마이크를 통해 위원장의 목소리가 들려왔다. 하지만 아무도 나가지 않고 잠잠했다.

"1반, 나와 주세요."

그제야 우리 반 아이들도 술렁거리기 시작했다.

"우리 뭘 한다고 했었어?"

"그런 얘기 없었는데."

수군거리는 소리가 들려왔다. 그때 가이토가 "네네네, 초조해하지 말고, 여러분" 하면서 우리 옆으로 지나갔다. 나는 모르는 척 다른 쪽을 보고 있었다. 가이토는 그대로 혼자 중앙을 가로질러 단상으로 올라갔다. 손에는 기타를 들고.

"자, 그러면…."

가이토는 단상에서 주위를 두리번거렸다.

"저기, 마이크 좀 주세요."

문화위원이 급하게 마이크를 건넸다.

"아, 아, 아."

잘 들린다는 목소리가 3학년 쪽에서 들렸다.

"그러면 시작하겠습니다. 아, 잠깐만요, 죄송합니다. 혹시 스탠드 마이크 있나요?"

오른손에는 기타, 왼손에는 마이크를 들고 있으니 아무래도 움직임이 자유롭지 못한 것 같았다.

"뭐 하는 거야?"

어디선가 볼멘소리가 튀어나왔다. 3학년 문화위원들이 부랴부랴 스탠드 마이크를 준비했다.

드디어 스탠드 마이크가 설치되었다. 가이토가 "휴" 하고 숨을 내쉬는 소리까지 마이크를 통해 전달되었다. 어디선가 빨리 시작하라는 말이 들리자 "중학교에 있지 있지" 하는 가이토의 목소리가 체육관에 울려 퍼졌다.

우리 반 담임 기시노는~♪

가이토가 엉터리 멜로디로 노래를 부르며 기타의 몸통을 퉁퉁 두드렸다.

자율활동 시간에 잠을 자지~♪

체육관 안에서 웃음이 터져 나왔다.

지저분한 흰색 가운은~♪

여기서는 기타를 빠르게 톡톡.

백 년이 지나도 그대로~♪

"와하하!"

"오오오!"

체육관이 웃음소리로 가득한 가운데 가이토가 단상에서 내려왔다. 뭘 하려나 보고 있었더니 우리 반 쪽으로 돌아와 웬걸, 내 손을 잡아당겼다.

"어? 어?"

"빨리!"

"어?"

그사이 나는 벌써 중앙까지 끌려 나갔다.

"그때처럼 쳐 봐."

"그때?"

"음악실."

가이토는 나에게 기타를 건네고 자기만 단상으로 올라갔다. 어떻게 해야 하는 거지? 모두가 나를 보고 있다. 부끄러웠다. 진짜 부끄러웠다. 그래서 단상으로는 올라가지 못하고 단상에 그대로 걸터앉아 천천히 기타를 잡았다.

"시작한다!"

가이토는 나를 쳐다봤다.

우리 반 담임 기시노는~♪

가이토가 다시 내 눈을 쳐다봤다. 아, 모르겠다. 될 대로 되라.
Em.

자율활동 시간에 잠을 자지~♪

다시 체육관 안에서 웃음이 터졌다.

크로키 포즈는~♪

Am.

포즈는 항상 이렇게~♪

가이토는 노래를 부르며 클라크 박사의 포즈를 취했다. 웃음은 다시 웃음으로 이어졌고, 체육관을 메웠던 경직된 분위기는 완전히 풀어졌다. 가이토는 완전히 들떠 있었다.

현관에 있는 비닐 우산은~♪

Em.

다 고장 났지~♪

Am.

영어 노트인 줄 알았는데~♪

Em.

오선지가 그려진 음악 노트~♪

그다음은 Am와 Em를 뒤섞어서 쳤다.

음악 노트를 샀는데~ 음악 수업에는 안 쓰네~♪

"그만! 그만!"

기시노 선생님이 급하게 단상으로 올라와 크게 손을 흔들었다. 2학년과 3학년 사이에서 웃음과 박수 소리가 들리는 가운데 우리는 무대 옆 체육용품실로 끌려갔다.

"이게 뭐 하는 짓이야?"

기시노 선생님을 따라 다른 선생님들도 들어왔다.

"아직 남았는데…."

가이토가 말대답을 했다.

"아직 남았다고? 방금 그건 뭐야!"

"아니, 그게 아니라 음악 콩트를 하려고…."

"산문 낭독이나 합창을 하면 되잖아."

"그래서 노래를…."

"그게 노래라고?"

공격의 화살이 나에게로 향했다.

"넌 또 뭐야! 그렇게 엉망진창인 실력으로 이렇게 많은 사람 앞에서 기타 치는 건 무슨 배짱이야? 튜닝도 안 된 상태로!"

기시노 선생님은 화가 나 있었다. 다른 선생님들도 우리를 다그쳤다. 계획성이 없다는 둥, 반 전체의 화합이 보이지 않는다는 둥. 그 부분에 대해서는 기시노 선생님도 머리를 숙였다. 하지만 나는 야단을 맞으면서도 지금까지 경험해 본 적 없는 뜨거운 무언가를 느꼈다. 처음에는 부끄럽고 긴장이 되었지만 그런 마음은 어느샌가 다른 것으로 바뀌어 있었다. 기타를 잡은 손이 점점 가벼워졌고 마지막에는 가이토의 노래가 끝나지 않길 바라는 마음까지 생겼다.

가이토가 노래를 부르고 내가 반주를 했다. 기타를 잘 친 것도 아니다. 나는 그저 두 개의 코드를 번갈아 친 것밖에 없었다. 가이토의 타이밍에 맞춰서 친 것뿐이다. 그런데 그 기타 소리가 가이토에게 전달되어 체육관에 울려 퍼지고 듣는 사람들에게도 전해져 어떤 화학 반응이 일어났다. 웃음소리가 들리고, 박수가 터져 나오고, 어떤 아이들은 노래를 따라 부르기도 했다.

우리는 나란히 서서 고개를 숙이고는 죄송하다고 사과했다. 하지만 설교가 끝나자 가이토는 나에게 귓속말로 조용히 이야기했다.

"멤버 더 늘리자."

목탁과 애프터 비트

𝄋

어린이날이면 장대에 매다는 종이 잉어가 찌부러져 있는 모습이 창밖으로 보였다. 벌써 5월의 반의 지났는데 아직 치우지 않은 집이 있는 모양이다.

아빠가 근무하는 생활잡화점 홈센터의 원예 코너는 지금이 가장 바쁜 시기다. 토마토, 가지, 오이 모종과 흙과 비료가 날개 돋친 듯 팔린다고 한다. 엄마는 요즘 연속으로 심야 근무를 했는데, 오늘은 온전히 쉬는 날이라고 한다. 나는 뭔가 맥이 빠져 일요일에는 혼자만의 시간을 가졌다. 고작 일주일밖에 안 지났는데 신입생 환영회 때의 일이 현실 같지가 않았다.

오후에는 자전거를 타고 밖으로 나가 보기로 했다. 햇살이 부드럽고 따뜻했다. 가로수의 나뭇가지에도 작은 초록색 싹이 보이기 시작했다. 울퉁불퉁한 나무줄기도 기분 탓인지 매끈해진 것 같았다.

'날씨 참 좋다. 학교까지 가 보자. 아니, 더 멀리 가 볼까.'

바람을 타고 다리를 건넜다. 바람이 얼굴에 기분 좋게 와 닿으며 앞머리를 다른 방향으로 넘겼다. 나는 머리를 크게 움직여 앞머리를 원래의 위치로 되돌렸다.

제2초등학교 통학 구역으로 들어왔다. 중학교에 가려면 횡단보도를 건너지 않고 똑바로 가면 된다. 하지만 나는 인도와 차도를 구분하는 낮은 가드레일에 발을 올리고 신호등 버튼을 눌렀다. 아주 작은 소리가 울리면서 신호는 바로 파란불로 바뀌었다. 나를 위해 차두 대가 멈췄고 그 앞을 혼자서 건너갔다. 반대편에 이르러서는 곧바로 오솔길로 들어섰다. 처음 와 보는 곳이었다. 우리 집과는 주소도 비슷한데 와 본 적은 없는 곳이었다.

개를 키우는 집, 꽃으로 가득한 집, 차가 세 대나 있는 집도 있었다. 길을 따라 똑바로 가니 담으로 둘러싸인 큰 절이 나왔다. 절에는 종도 매달려 있었다. 얼마 전에 들린 종소리도 여기서 난 것일까? 속도를 줄이면서 문 앞을 지나가려는데 그 안에 낯익은 얼굴이 보였다. 아, 누구더라?

3초 만에 생각이 났다.

"앗."

홋타였다. 홋타는 추리닝 차림으로 빗자루를 들고 있었다.

"어? 왜 여기 있어?"

"우리 집 여긴데?"

홋타는 큰 벚나무가 엄청나게 많은 절의 경내에서 청소를 하고 있었다. 이제 거의 다 져 버린 분홍색 꽃잎을 쓸고 있는 그 얼굴은, 알고 있는 코드가 두 개밖에 없냐고 무안을 주던 얼굴과 전혀 달랐다.

"어디 가는 길이야?"

홋타가 손을 멈춘 채 물었다. 불경을 외우는 소리와 목탁을 딱딱 두드리는 소리가 바람을 타고 들려왔다.

"장례식?"

내가 되묻자 홋타가 웃었다.

"저건 매일 하는 거야."

나는 멍하니 서서 목탁 소리를 들었다.

"좋지?"

목탁 소리가 좋냐는 말에는 뭐라고 답을 해야 하지? 내가 고민하는 사이 홋타는 더는 묻지 않고 "아, 바뀌었다"라고 말하고는 목탁 소리에 귀를 기울였다.

"이렇게 치는 사람은 우리 아빠가 아니라 절에 자주 오는 시주야."

"이렇게 치는 사람?"

"나— 무아— 미타— 불—"

딱딱딱. 목탁 소리가 본당에서 들려왔다.

63

"애프터 비트●야, 아빠는."

"뭐?"

홋타의 표정이 부드러웠다.

"좀만 있으면 강연회가 끝나니까, 이쪽으로 들어와."

"강연?"

뭐가 뭔지 모른 채 나는 자전거를 밀며 경내로 들어갔다. 자전거 바퀴가 돌아갈 때마다 돌이 튀는 소리가 났다.

"저기가 우리 집 현관."

본당에서 오른쪽으로 이어진 곳에 훌륭한 현관문이 있었다. 거기서 더 오른쪽으로 가면 작은 불당과 탑이 있었고, 그 안쪽에는 묘지도 보였다.

"절이랑 너희 집이랑 붙어 있네."

"어."

"절 진짜 크다. 그럼 넌 나중에 이 절을 물려받는 거야?"

"글쎄."

홋타는 남의 일처럼 대답했다. 때마침 어른들이 하나둘 본당에서 빠져나왔고, 홋타는 나를 더 안쪽으로 안내했다. 사람들이 전부 문밖으로 나가자 홋타는 빗자루를 내려놓고 "복잡한 이야기는 여기서

● 뒷박에 악센트를 주는 박자치기. 4분의 4박자일 때 2박과 4박을 강조한다.

끝” 하더니 본당으로 이어지는 계단으로 나를 데리고 갔다.

“들어와.”

주위를 두리번거리며 신발을 벗고 들어가니 넓은 본당에는 아직 사람들의 온기가 남아 있었다. 큰 본존이 깨끗한 불당 안에 있었다. 훗타는 성큼성큼 본존 쪽으로 다가가 불상을 마주 보고 멋진 방석에 앉았다.

“나— 무아— 미타— 불—”

딱딱딱. 훗타는 불경을 외웠다.

“잘하지?”

뒤를 돌아보며 묻길래 나는 고개를 끄덕였다.

“지금 건 아까 그 시주가 하는 방법.”

“—나— 무아— 미타— 불— 이건 우리 아빠.”

“어?”

차이를 모르겠다.

“다시 한다. 이게 시주, 그러니까 일반적인 거.”

나— 무아— 미타— 불—

“이건 우리 아빠.”

—나— 무아— 미타— 불—

“아!”

뭔가가 다르다. 뭐라고 해야 하지, 처음에 들어가는 시점? 그 타이

밍이 다르다.

"아빠는 말 사이에 목탁을 치는 거야. 애프터 비트로."

"애프터 비트?"

'나—'라고 할 때 처음부터 목탁을 치는 게 아니라 음을 늘릴 때 치는 거라고 한다. 그래도 이해가 안 돼서 나는 홋타에게 다시 한 번 쳐 달라고 부탁했다.

"무릎으로 해 봐. 왼쪽, 오른쪽, 왼쪽, 오른쪽. 이때 오른쪽을 강하게 치는 거야."

"오른쪽을 강하게?"

나는 무릎을 쳐 봤다. '나—'는 왼쪽, '아—' 하고 음을 늘릴 때는 오른쪽을 친다. 그리고 오른쪽을 칠 때는 세게. 이렇게 하니까 어렴풋이 알 것 같았다. 아, 이 리듬.

"이게 애프터 비트야."

홋타가 웃었다.

"—나— 무아— 미타— 불—"

나는 홋타와 함께 애프터 비트를 연습했다.

"오, 좋다."

"박자 맞았어!"

리듬이 맞으니 홋타의 표정이 부드러워졌다.

"아, 그리고 홋타라고 하지 말고 홋토케라고 불러."

"뭐?"

"그렇게 부르라고."

"정말?"

"그렇게 안 부를 이유는 뭐야?"

이때부터 내 안에서 홋타는 홋토케가 되었다. 이상하게 입이 근질거렸다. 너무 좋아서 또 부르려고 하는데 누군가가 본당 안으로 들어왔다.

"아, 아빠."

홋토케는 방석에서 내려와 멋대로 앉아 죄송하다며 정좌를 하고 사과했다. 엉겁결에 나도 고개를 숙였다.

나는 집으로 돌아가는 길에 애프터 비트를 머릿속에서 재생시켰다. 가이토가 들으면 뭐라고 할까? 어떤 가사를 붙일까? 거기에 내가 기타를 친다면? 이런 상상을 계속하자 머릿속에 어렴풋이 떠오르는 것이 있었다.

'밴드. 우리들의 밴드.'

형의 밴드가 TV에 나오던 날이 떠올랐다. 형의 얼굴이 가이토로 바뀌고 거기에 홋토케의 얼굴이 더해지면서 내 얼굴도 보였다.

자전거를 타고 좁은 길을 달렸다. 신호등은 이미 파란불이었다. 나는 길을 건너는 사람을 빠르게 추월해 다리를 올라갔다. 제2초등학교 쪽은 항상 내려가는 곳이라고 생각했는데, 지금은 이곳에서 올라가고 있다. 올라가고 내려가는 건 어디에서 출발하는지에 따라 다를 뿐이다.

엄청난 속도로 페달을 밟아 다리를 넘었다. 빨리 집에 가서 기타를 치고 싶었다. 기타를 더 잘 치고 싶다. 그러면, 그러면….

나는 재빠르게 현관을 지나 계단을 동물처럼 네발걸음으로 올라가 컴퓨터를 켰다. 항상 보는 기타 사이트에 들어가 영상을 하나둘 보기 시작했다. 밴드를 하려면 칠 수 있는 코드를 더 늘려야 한다.

C코드가 나왔다. 세 군데를 눌러야 한다. 좋았어, 오늘은 이거다!

나는 기타를 잡았다. 손가락을 하나하나 움직여 C코드를 잡았다. Em코드는 손가락이 두 개 필요하지만, 이건 세 개가 필요하다. 레벨 업! 나는 신중하게 왼손으로 줄을 누르고 오른손으로 기타 줄을 튕겼다.

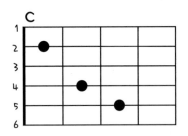

하지만 예상과 달리 C코드 소리가 깨끗하게 나지 않았다. 답답했다. 손가락을 떼고 주먹을 쥐었다 펴면서 손가락 운동을 했다. 그리고 다시 도전했지만, 어림없다. 손가락을 떼고 심호흡을 했다. 계속 C코드에 도전했다. 그러자 조금 전보다 소리가 선명해졌다.

'됐나? 된 건가? C는 좀 밝은 느낌이네.'

C코드가 싱글벙글 웃으며 내 쪽으로 가까이 다가오는 느낌이 들었다.

'좋았어, 굿굿. 다음, 다음!'

나는 G코드에도 도전했다. 다음은 D코드. 계속해서 새로운 코드를 익혔다. 깨끗한 소리가 안 나도 계속해서 앞으로 나아갔다. 손가락 짚는 방법을 잊어버리면 다시 운지법으로 돌아갔다.

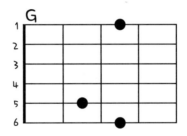

한 시간 정도 지나자 왼손 손가락 끝이 아프기 시작했다. 아니나 다를까, 손가락 끝이 빨개져 있었다. 만져 보니 아팠다. 하지만 아파도 괜찮다. 아는 코드가 많아져서 기뻤다. 기쁨이 아픔을 이긴 것이다. 더 많은 코드를 외우고 싶다. 코드를 다 외우면 가이토와 홋토케에게 밴드를 하자고 자신 있게 말할 수 있을지도 모른다.

'F코드에 도전해 볼까?'

지난번에는 손가락 모양만 보고 바로 포기했지만, 이번엔 할 수 있을 것 같았다.

"해 보지 뭐!"

기합을 넣고 먼저 검지부터. 나는 1프렛에 손가락을 일직선으로 댔다. 손가락 하나로 줄 여섯 개를 전부 눌러야 한다. '세하♥'라는 기술이다. 검지를 눕힌 채 중지로 다른 곳을 눌러야 한다. 여기까지는 했다.

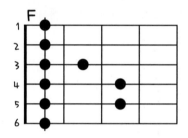

그리고 그대로 약지와 새끼손가락으로 줄을 눌렀다. 검지에 쥐가 날 것 같았지만 손가락 네 개가 F코드의 모습을 갖추기는 했다. 자, 이대로 줄을 튕기기만 하면 된다.

"이대로… 이렇게…"

아, 안 된다.

실망스러웠다.

♥ 손가락 하나로 동일 프렛의 여러 줄을 누르는 것.

때 이른 방학

♩

삿포로의 6월은 장마 기간은 아니지만, 중부 지방인 간토와 거의 비슷한 더위가 찾아오기도 한다. 교복이 하복으로 바뀌면서 학교 분위기도 더 밝아졌다. 연신 땀을 닦으며 집으로 돌아왔는데, 처음 보는 차가 집 앞에 주차되어 있었다. 조금 긴장한 상태로 현관을 들어서자 별 마크가 붙은 스니커즈가 보였다. 아는 신발이다.

"형!"

나는 신발을 아무렇게나 벗어 던지고 거실로 뛰어 들어갔다.

"너는 연락도 없이 갑자기 오는 법이 어디 있니?"

엄마는 이렇게 말했지만 기분은 좋은 것 같았다. 엄마는 마당의 비닐하우스에서 키운 오이와 토마토를 형 앞에 한가득 내놓았다.

"저녁에 국수 먹으려고 준비했는데 네가 오는 줄 알았으면…"

엄마는 오렌지색 편의점 유니폼을 입고 있었다. 아르바이트를 갈 시간이 되었나 보다.

"괜찮아, 진짜 괜찮아."

"징기스칸♥이라도 할까?"

"엄마, 이러다 지각하겠다. 다녀오세요."

형은 몸이 한층 더 커진 것 같았다. 엄마를 거의 쫓아내듯 배웅한 뒤, 형과 나는 하이파이브를 했다.

"웬일이야? 벌써 방학?"

형은 애매하게 고개를 끄덕였다. 대학교 방학이 엄청 길다는 건 알았지만 6월에 방학을 하는 줄은 몰랐다. 나는 차는 또 뭐냐고 물었다.

"뭐긴. 내 차지."

형은 엄마가 내놓은 토마토를 게걸스럽게 먹기 시작했다.

"면허는?"

"땄지."

"차는?"

"누가 줬어."

형은 오랜만에 채소를 먹는 사람처럼 토마토에 집중했다. 아빠가 키운 서로 다른 종의 맛 차이도 음미하지 않고 토마토를 계속 입으

♥ 양고기와 채소를 같이 구워 먹는 홋카이도의 명물 요리.

로 밀어넣었다. 이참에 수분 보충을 하고야 말겠다는 듯이.

"아, 홋카이도의 맛이야."

형은 입 주변이 지저분해지는 것도 신경 쓰지 않고 토마토를 먹어 치웠다. 나는 형이 토마토를 다 먹을 때까지 기다렸다가 함께 2층으로 올라갔다.

"어? 기타 쳐?"

나는 고개를 끄덕였다. 형은 방에서 뭔가를 찾는 것 같았다. 형이 몸을 웅크리자 큰 등이 둥그레졌다.

"아, 이런 데 있었네."

형은 침대 아래 서랍을 열어 노란색 모자를 찾았다. 그러고 보니 3월에 내가 숨겨 놓은 것이다. 나는 살짝 양심의 가책을 느꼈다. 형은 모자를 쓰고 책장에 쓰러져 있는 음악 잡지를 꺼냈다.

"이거, 그래, 이거!"

"그게 뭔데?"

"스코어♥. 이번에 카피하려고."

무슨 말을 하는 건지 알 수 없었다.

"일단 이 밴드 음악을 다시 제대로 카피하는 것부터 시작하려고."

역시 형은 대학에 가서도 밴드를 하고 있구나. 잡지에는 형이 좋

♥ 연주하는 모든 악기 파트가 쓰여 있는 악보.

아하던 영국 밴드의 이름이 적혀 있었다.

"근데 카피라는 게…."

"따라 하는 거."

형은 책장을 휘리릭 넘겼다. 보는 내내 "야- 이 곡 좋다" "이것도 좋네" 하고 중얼거렸다. 뭔가 단단히 신이 나 보였다. 잡지를 넘겨 본 뒤, 형은 기타를 손으로 가리키며 어떠냐고 물었다.

"Em는 완벽해."

"오오!"

"Am도."

"제법이네."

"근데…."

내 말에 형이 고개를 들었다.

"F는 아직…."

형은 웃으며 그 자리에서 바로 F코드를 잡았다. 검지를 펴고 중지를 굽혀서….

"F에서 포기하는 사람이 많아. 한 80퍼센트 정도?"

F코드가 큰 벽이라는 말을 들으니 마음이 조금 편해졌다. 형은 기타 줄을 튕겨 보더니 고개를 갸웃거렸다. 그리고는 천천히 일어나 선반에서 부스럭거리며 뭔가를 찾았다. 잠시 후, 형은 알파벳 U를 길게 늘여 놓은 것 같은 물건을 가지고 왔다.

"그게 뭐야?"

"이거? 튜닝 포크. 이걸로 소리를 맞추는 거야."

형은 튜닝 포크를 끼우고 기타 줄을 튕겼다. '라' 음이라고 했다.

"음이 조금 안 맞네."

형은 라 소리를 들으며 헤드머신을 돌리기 시작했다. 줄 하나를 맞추고 나서는 그 줄을 기준 삼아 다른 줄도 하나하나 소리를 맞춰 갔다. 형은 귀로 신중하게 소리를 확인했다. 이게 튜닝이구나. 그러고 보니 기시노 선생님도 튜닝 이야기를 했었다.

"이런 게 있는 줄도 몰랐네."

모르는 게 너무 많아서 마음이 점점 더 약해진다.

"처음부터 아는 사람이 어디 있어."

"그래도…."

"너 혼자 Em를 터득한 거잖아. 대단한 거야."

형은 F코드를 잡은 채 손가락의 위치를 조금씩 옮기면서 "장자카 장—" 하고 팡파르 같은 멜로디를 연주했다. 역시 끝내준다. 내가 내는 소리와는 완전히 다르다.

"내일 악기점에 가 보자. 줄을 가는 게 나을 거 같아."

형은 기타를 살살 문질렀다.

"도쿄로 돌아가면 줌으로 가르쳐 줄게. 아까 그 책에 좋은 곡 있 더라."

형은 책상 위에 있는 컴퓨터를 보며 나중에 화상 교육에 필요한 설정을 해 놓겠다고 말하고는 노래를 부르며 기타를 쳤다. 정말 최고로 멋있었다. 손가락을 자유자재로 움직이는 게 진짜 뮤지션 같았다.

형의 F, 나의 F

옥상에서 방송부의 발성 연습 소리가 들려온다. 운동장에서는 축구부의 러닝 구호 소리가 들린다. 우리는 이 커다란 두 소리 사이에 끼여 음악실 안에 있다. 요즘 나는 가이토에게 기타를 가르치고 있다.

"Em는, 거기가 아니라, 여기."

"어디?"

"조금 옆으로 나갔잖아. 프렛이 하나라도 틀리면 음이 달라져."

가이토는 대충하면 된다고 투덜거린다. 샤미센♥이나 바이올린은 프렛이 없으니까 연주자가 스스로 어디쯤을 누를지 정한다고 한다. 하지만 기타는 확실하게 음과 음 사이의 구분이 있다.

♥ 일본의 대표적인 전통 현악기.

"기타가 더 쉬울 텐데…."

내가 손 짚는 법을 직접 보여 주니 가이토는 평소의 모습으로 돌아왔다.

"아, 뭐야. 초크 너도 F 못 하잖아. 잘난 척 좀 하지 마."

"초크가 뭐야?"

조용히 음악실의 쓰레기를 줍고 있던 홋토케가 물었다.

"얘 말이야."

다른 사람에게 기타를 가르치면서 나도 터득한 게 있다. 기타를 잡는 각도다. 배 근처와 너무 가까워도 안 되고 떨어져도 안 된다. 가이토를 보고 각자 자기에게 좋은 위치가 있다는 사실을 알게 되었다.

F가 안 되는 초크~ 하나도 못 하는 초크~♪

가이토는 아까의 복수라도 하듯 즉흥적으로 가사를 만들었다. 그러자 홋토케도 아무렇지 않은 표정으로 드럼을 치기 시작했다.

F가 안 되는 초크~ 하나도 못 하는 초크~♪

"하나도 못 하는 거 아니야. 되는 날도 있어. 또…."

"또는 또 뭐야…."

"코드 열 개는 외웠어."

"오, 열 개?"

"음 사실, 다섯 개… 정도?"

그때 가이토가 불쑥 말했다.

"기타도 있고, 드럼도 있고, 나 같은 보컬이 있으면 밴드 만들 수 있는 거 아니야?"

"밴드…."

홋토케가 먼저 반응했다. 그건 찬성이라는 뜻?

"좋지, 밴드?"

"초크는 어떻게 생각해?"

두 사람은 나에게 의견을 물었다. 내 상상이 현실이 되는 걸까? 형처럼 나도 밴드를…. 좋다고 대답하려고 하는데 갑자기 가이토가 말했다.

"근데 밴드를 만들어도 나는 기타도 없고, 연습도 계속 여기서 할 수는 없잖아."

평소와는 다르게 약한 모습이었다. 그러자 반대로, 홋토케가 적극적으로 나왔다.

"우리 집에서 하면?"

절에는 본당 말고도 다른 방이 또 있는 모양이다.

"별채에는 악기도 있고."

"별채?"

"어. 어린이집 쪽에 있는 작은 건물."

나는 깜짝 놀랐다. 홋토케네 집은 어린이집도 운영하나 보다.

"안 쓰는 방이 많아. 사찰 라이브라든지 라쿠고♥ 모임 같은 걸 하면 좋을 텐데."

자세히 들어 보니 홋토케는 아빠와 달리 절의 시주를 늘리기 위해 여러 노력이 필요한 때라고 생각하는 것 같았다.

"아, 나는 이제 가야 해. 미안."

가이토는 지난번처럼 시계를 보더니 바로 음악실을 나갔다.

"저 인간, 오늘 청소 하나도 안 하고. 진짜 치사하네."

홋토케는 쓰레기통을 음악실 구석에 갖다 두면서 말했다. 전에도 그랬다. 가이토는 저녁이 되면 급하게 집으로 돌아간다.

"가이토는 학원이라도 가는 거야?"

내 말에 홋토케가 웃었다.

"가이토가 학원을 가겠냐? 시간 맞춰 데리러 가야 하니까 저러는 거야."

"데리러 가? 누구를?"

무슨 말인지 더 헷갈렸다.

"우리 절에서 하는 어린이집에 가이토 여동생이랑 남동생이 다니거든. 데리러 가는 건 항상 가이토."

그랬구나. 사실 좀 놀랐다.

♥ 일본의 전통적인 만담 공연.

"부모님이 같이 트럭을 몰거든. 항상 어느 한쪽은 없고, 두 분 다 없을 때도 있으니까. 동생들도 가이토를 거의 아빠라고 생각하지 않을까."

상상도 되지 않는다. 한없이 가벼워 보이는 가이토가 집에 돌아가면 밥을 차리고 목욕을 시키면서 동생들을 돌본다니. 홋토케는 화제를 돌려 절 이야기를 더 자세하게 해 주었다.

"어린이집이 끝나면 빈방에서 피아노 선생님이나 영어 선생님이 수업을 해."

"그렇구나."

"아, 오늘은…."

홋토케는 음악실에 있는 달력을 쳐다봤다.

"화요일이니까 피아노다."

"흠."

"다자키도 왔겠다."

다자키라면 우리 반 다자키를 말하는 걸까? 입학 첫날, 청소 시간에 의자 때문에 한 소리를 들었지만 지금 생각해 보면 나에게 뭐라고 한 것이 아니라 편한 방법을 알려 준 것 같기도 하다.

"밴드에 다자키가 들어오면 정말 좋을 텐데."

홋토케가 무심코 말했다.

"맞다, 밴드. 그거, 나 아까 대답 안 했는데."

"얼굴을 보면 알지. 봐, 얼굴에 쓰여 있잖아."

"어? 어디?"

나는 볼에 손을 댔다.

"거기 말고."

나는 다시 양쪽 볼에 손을 올렸다.

"후후."

홋토케의 쿨한 웃음소리가 들렸다. 마음이 조금씩 따뜻해진다.

그렇게 기분 좋게 집에 왔는데 엄마는 화가 나 있었다.

"이런 말은 못 들었는데. 말도 안 돼."

엄마는 내 눈앞에서 갈색 봉투를 흔들었다. 형이 다니는 대학교에서 온 안내 같았다.

"엄마, 왜 그래?"

"형이 학교에 안 나간단다."

"어?"

"그래서 담임이 걱정된다고."

잘은 모르겠지만 대학교도 중학교처럼 반이 있고 담임 선생님이 있는 모양이다. 지난번 집에 왔을 때 형은 그런 이야기는 하나도 하지 않았다.

"본인과 연락이 닿지 않아서 집에 연락했대. 도대체 뭘 하고 다니는 거야?"

나는 믿을 수가 없었다. 퇴근하고 돌아온 아빠도 형을 걱정했다.

"낌새도 없었어?"

"없었지. 친구들이 많이 생겨서 재미있다고만 했어."

"흠."

나는 저녁을 먹고 조용히 방으로 올라갔다. 오늘은 화상으로 형과 기타 연습을 하기로 한 첫날이었다. 학교에서 연락이 왔다는 말을 형에게 해야 할까? 부모님이 걱정하고 있다는 것도?

나는 기타를 수건으로 닦았다. 지난번에 줄을 새로 갈았을 때 오일과 수건을 서비스로 받았다. 기타 몸통과 줄이 팽팽하게 걸려 있는 넥을 정성을 들여 닦았다.

저녁 8시가 되어 컴퓨터를 켰다. 형이 알려 준 대로 설정하고 화면을 보고 있었다. 그러자 화면이 갑자기 확 바뀌었다.

"오, 나오히로. 잘 접속했네? 다행이다."

화면 너머로 형이 보였다. 반가웠지만 먼저 학교에서 온 편지 이야기부터 꺼냈다.

"진짜?"

형의 얼굴이 미세하게 떨렸다.

"학교에 안 간다는 거, 정말이야?"

나는 작은 목소리로 다시 물었다.

"잠시 쉬는 거야?"

"사실, 여기서 밴드 동아리에 들어갔는데, 주위 사람들이 다 엄청 잘하는 거야. 나도 나름대로 잘한다고 생각했는데, 또 그 위가 있었던 거지. 충격을 좀 먹었어."

"형보다 잘하는 사람이 있어?"

"하하하. 그렇게 말해 주는 건 너뿐이야."

그럴 리가…. 형이 얼마나 잘 치는데. 형이 얼마나 멋지게 연주하는데.

"왠지 힘이 빠져서 아침에도 못 일어나고, 학교도 자꾸 빠지게 됐어."

형은 우울해 보였다.

"떨어져서 살다 보니까 여러 가지가 떠올라. 거기서 있었던 일."

화면 속의 형은 기운이 없어 보였다. 나도 아직 F코드가 안 된다고 조용히 중얼거렸다.

"F, 그래, F."

형은 손으로 F 모양을 만들어 보였다. 나는 그 모습을 가만히 바라봤다.

"나한테 F는 '패밀리'의 F 같아."

어? 무슨 말이지?

"Family. 영어 시간에 배웠지?"

84

"웅. 배웠지."

다나카 선생님이 정확하게 발음하던….

"나도 모르는 사이에 가족에게 의지하고 있었던 건지…. 거기 있을 때는 귀찮다고 생각했는데."

형은 다시 손으로 F를 만들었다. 나도 만들어 봤다. 형은 이걸 패밀리의 F라고 말했다.

"넌? 너도 F는 패밀리라고 생각해?"

"난 아직 생각해 본 적 없는데…."

"너의 F는 뭘까?"

"나의 F?"

손가락으로 만든 F 모양은 점점 망가져 동그라미가 되었다.

온라인 연습 첫날, 결국 기타 연습은 하나도 하지 못했다.

중간고사

♯

초등학교에서는 한 단원이 끝나면 시험을 봤다. 문제 개수가 얼마 되지 않아서 어렵지도 않았다. 나는 항상 문제를 다 풀면 시험지를 뒤집어서 퀴즈 같은 것을 만들곤 했다. 하지만 중학교는 그런 분위기가 아닌가 보다. 일단 시험 일정이 정해져 있다. 이틀간 시험만 친다. 국어나 수학 같은 건 그렇다 쳐도 미술 같은 건 어떻게 평가하지?

중학교 첫 시험이 다가오고 있었다. 수업 시간에 선생님이 이건 시험에 나온다고 말하면 전부 빨간색 펜으로 표시했다. 동아리 활동도 쉬었고, 도서관도 문을 닫았다. 밴드 연습도 몰래 하다가 걸리면 혼이 나겠지. 음악실에서는 당분간 청소만 하기로 했다.

"아, 진짜 싫다…."

"등수 같은 것도 나오나."

가이토와 홋토케가 형이 있는 나에게 물었지만, 나도 잘 모른다.

"학원 다니면 성적이 오르려나?"

"학원에서는 기출 문제를 같이 푸니까."

가이토의 질문에 홋토케가 무신경하게 대답했다.

"기출? 그게 뭔데?"

내가 물었다. 기출 문제는 예전 시험에 나왔던 문제인데, 학원에서 우리 학교의 기출 문제를 전부 보관하고 있다고 한다.

"옛, 그러면 무조건 유리하겠네."

"그러면 우리도 학원 같은 거 할래?"

"같은 거는 또 뭐야?"

홋토케의 말에 우리는 절에서 스터디를 하게 되었다.

절에는 본당보다는 작지만 공부를 할 수 있는 별채 같은 곳이 있었다. 그 안에는 불상이 하나 있고 족자가 걸려 있었다. 우리는 다다미가 깔린 방 안에 긴 테이블을 펴고 공부를 하기로 했다. 이게 홋토케가 말한 '학원 같은 거'인가 보다. 족자 옆에는 이유는 모르겠지만 드럼, 키보드, 방울 악기, 탬버린이 있었다.

"절에서 어린이집도 하니까 오래된 악기를 여기 두는 거야."

"그러면 이걸로 밴드 연습도 할 수 있겠네?"

가이토는 문제는 하나도 풀지 않고 키보드의 커버를 벗기고 건반을 두드렸다.

"안 켜졌네."

가이토가 두리번거리며 콘센트를 찾았다.

"공부하러 온 거 아니야?"

"어, 공부해야지."

가이토는 대답을 하며 콘센트를 찾아 꽂고 도레미 소리를 냈다. 이 소리에 맞추기라도 하듯 밖에서 매미가 온 힘을 다해 울기 시작했다.

"자, 자, 시작한다."

여기서는 홋토케가 선생님이다. 나는 수학을 배웠다. 하지만 아니나 다를까 가이토는 얼마 지나지 않아 또 선풍기를 찾아 스위치를 켜고 선풍기를 향해 노래를 불렀다.

청소 같은 건~♪

목소리가 끊겨 외계인 목소리처럼 들렸다.

하기 싫단 말이야~♪

가이토는 명곡이라며 흡족해했다. 그러자 홋토케는 '청소 같은 건, 귀찮아' 아니냐며, 문제를 풀면서도 지적을 했다. 나는 '안 해도 돼'로 기억하고 있었다.

"뭐 어때. 그날그날 다 달라도."

가이토는 역시 뻔뻔하다.

가이토가 이번에는 기타를 들었다. 먼지를 후 불더니 아리송한 얼굴로 Em코드를 잡았다.

"하나 옆으로."

내가 정확한 위치를 알려 주자 가이토가 Em 소리를 냈다. 홋토케는 혼자 참고서를 꺼내 공부를 했다. 어디선가 멋진 피아노 소리가 들려왔다.

"야, 초크, F코드는 이렇게 했었나?"

가이토는 벌써 F코드에 도전한다. 손 모양은 맞는데 소리는 나오지 않는다.

"저기, 초크, 검지 좀 꽉 눌러 봐."

나는 세하를 잡고 있는 가이토의 검지를 눌렀다.

"더 세게."

손가락 세 개로 꾹 눌렀다.

"아, 아파, 아프다고."

"세게 누르라며."

"정도라는 게 있잖아."

"그냥 꽉 눌러 버려. 으이구."

혼자 공부하던 홋토케의 말이 들려왔다.

"안 보는 척하면서 다 보고 있었네, 너."

가이토는 홋토케를 쳐다보며 불경 공부도 하냐고 물었다.

"아직 마음을 못 정해서 머리에 안 들어와."

훗토케가 아버지의 뒤를 이을지 말지 하는 그 문제인가? 이렇게 별채도 있고 어린이집도 있는 절을 물려받으면 어떤 기분일까? 아직 결정한 건 아니라지만.

매미가 다시 크게 울기 시작했다.

아직 우리는~♪

가이토가 이번에는 즉흥적으로 몸을 꿈틀꿈틀 움직였다.

정할 수 없어~♪

개발도상~♪

매미 시끄러워~♪

우리는 다시 공부를 시작했다. 하지만 고작 15분도 버티지 못하고 몸을 비틀기 시작한 사람은 역시 가이토다. 가이토는 자리에서 일어나 문을 열었다. 때마침 절의 경내를 걷는 다자키가 보였다.

"어, 여기 웬일이야?"

훗토케도 얼굴을 쏙 들었다.

"아, 오늘이 화요일인가."

맞다, 화요일은 피아노 수업이 있다고 했지. 다자키가 뭐 하고 있냐며 가까이 다가왔다.

"시험 공부."

가이토가 바로 대답했다.

"홋타 혼자?"

"어? 안 보여? 우리 셋이 같이 하잖아."

"보여. 그런데 공부하는 사람은 하난 거 같은데."

"지금 하려고 했는데."

다자키는 별채 안을 들여다보려는 듯 고개를 내밀었다. 단발 머리칼이 찰랑거렸다.

"홋타, 대단하다."

"이 녀석들이랑 비교하지 마."

다자키의 말에 홋토케가 딱 잘라 말했다.

"아, 맞다. 근데, 피아노 오래 배웠다며?"

가이토가 갑자기 끼어들었다.

"이제 10년 정도?"

"10, 10년?"

연습을 안 해서 선생님에게 맨날 혼이 난다고 말하는 다자키의 표정은 학교에서 봤을 때보다 훨씬 부드러웠다. 홋토케는 샤프를 손에서 놓았다. 아무 말도 하지 않았다. 가이토 역시….

"근데 피아노는 정말 좋아해. 절대 그만두지 않을 거야."

매미는 자기가 여기 있다고 외치기라도 하듯 크게 울었다.

지이이이이…. 지이이이이….

지이이이이…. 지이이이이….

우리는 누가 먼저 다자키에게 밴드에 들어오라고 말할지를 놓고 서로 눈치 작전을 펼쳤다.

* * *

시험 첫날, 교실에 들어서니 평소와 자리 배치가 달랐다. 출석번호 순으로 되어 있었다. 내 자리는 가장 뒤쪽이었고, 가이토와 홋토케는 다자키를 사이에 두고 나란히 앉아 있었다.

기시노 선생님은 이런 날에도 너저분한 흰색 가운을 입고 시험 일정을 칠판에 쓰기 시작했다. 1교시는 영어 시험이다.

"잡담 금지. 곁눈질 금지. 조금이라도 이상한 행동을 하면 부정행위로 간주할 거다."

안 그래도 긴장하고 있는데 등 쪽이 확 굳었다.

"정답은 답안지에 쓰는 거다. 문제지 따로, 답안지 따로야."

아, 그렇구나. 큰일 날 뻔했어. 초등학교랑은 다르구나. 나는 심호흡을 했다.

"자, 시작. 평소보다 20퍼센트 더 힘내서 열심히 하는 거다!"

기시노 선생님이 들어왔는데 미술이 아니라 영어 시험이다. 뭔가 생각과는 다르다. 하지만 그런 것에 신경 쓰는 사람은 없는 것 같았다. 곧바로 주위에서 사각거리는 연필 소리가 들렸다.

미술 시험에는 자신의 손바닥을 크로키하라는 문제가 나왔다. 나는 왼손을 가만히 바라봤다. 엄지를 뺀 나머지 손가락 끝에는 희미하게 금이 나 있었다. 기타 줄 자국이다. 이걸 잘 표현해 낼 수 있을까? 나는 시험 시간이 끝날 때까지 손바닥을 그렸다.

둘째 날에는 아홉 과목이나 시험을 봤기 때문에 체력이 거의 바닥났다. 이걸로 1학기의 성적이 결정된다니, 역시 긴장이 되었다.

가이토와 걸어서 집으로 돌아가는데 여러 아이들이 말을 걸었다. 가이토는 그때마다 재치 있게 대답하고 활짝 웃었다. 코드는 외웠냐고 물어보니 "아, 못 하겠어"라고 한다. 말투는 역시나 당당하다.

"우리 집은 형제가 너무 많아서 연습하기 힘들어."

동생이 있다는 건 홋토케에게 들어서 알고 있었다.

"몇 명인데?"

가이토가 한 손을 들어서 펴 보였다.

"다섯?"

"아니, 여섯. 나까지 포함해서 여섯."

나는 깜짝 놀랐다.

"아빠는 트럭 운전을 하고 새엄마도 동생을 계속 낳아서 정신이 없어. 혼돈 그 자체야. 카오스."

가이토가 코를 찡긋거렸다.

"홋토케네 절에 있는 어린이집 다니는 동생이 셋. 진짜 고맙지, 거기는 사정을 봐주거든."

무슨 말인지 묻자 가이토는 잠깐 입을 다물었다.

"어린이집 보육료, 매년 밀리거든. 홋토케한테 못 들었어?"

나는 고개를 좌우로 흔들었다.

"그 녀석, 입이 무겁네."

가이토는 어른처럼 웃었다.

"아, 아이스크림 먹고 싶다!"

가이토는 교복 셔츠를 바지 밖으로 빼냈다. 나도 옷을 좀 헐겁게 만들었다.

"은행은 언제 열리려나?"

가이토가 통학로에 서 있는 나무를 보면서 말했다.

"여기에?"

"이거 은행나무잖아."

아무 일도 아니라는 듯 가이토가 말했다.

"가을에는 정말 예뻐. 여기가 전부 노랗게 되거든."

그렇구나. 이 나무가 은행나무구나. 어느샌가 잎이 예쁜 부채 모양이 되어 있었다.

잎 하나하나가 부채처럼 작은 바람을 일으켜 나와 가이토의 뺨을 어루만졌다.

첫 번째 연습

𝄞

여름방학이 시작되었다. 나는 가이토와 홋토케에게 형과 하는 화상 연습을 같이 하자고 했다. 친구를 집에 초대하는 건 처음일 거다. 초등학교 때 역시 초대한 적도, 초대받은 적도 없었다. 방 청소를 할까, 향이 좋은 룸스프레이를 엄마에게 빌릴까 하다가 결국 그대로 두었다.

1시가 되었다. 화상 연습은 2시부터다. 형에게는 첫 밴드 연습이라고 말해 두었다. 애들이 집에 오자 엄마는 두 눈이 동그래졌다.

"나오히로 친구들?"

"안녕하세요!"

홋토케가 야무지게 인사를 했다. 손에는 탬버린이 들려 있었다.

"근데…"

스니커즈를 벗으며 가이토가 뭔가를 말하려 했다.

"왜?"

"아니, 아니다."

말을 하려다 마는 모습이 평소의 가이토답지 않았다. 가이토는 방에 들어오자마자 조용히 말했다.

"드럼이랑 기타랑 보컬로는 뭔가 부족해."

"그러면 어떻게 해?"

내가 물었다.

"베이스랑 키보드가 있으면 좋겠어."

홋토케의 말에 모두 고개를 끄덕이며 눈을 마주쳤다. 누군가를 떠올린 것이다. 다자키. 피아노를 10년 동안 배웠다고 했다. 피아노를 치는 게 정말 좋다는 말도…. 홋토케의 정보에 따르면 초등학교 때도 학습발표회에서 매년 피아노를 맡았다고 한다.

"같이 하자고 할까?"

가이토는 아까보다 더 작은 목소리로 소곤거렸다. 홋토케도 반대는 하지 않았다. 잠시 침묵이 흘렀고, 홋토케가 어떠냐며 나를 쳐다봤다.

"어?"

"어? 라니. 다자키가 들어오는 거 어떻게 생각하냐고. 넌 항상 확실하게 말을 안 하더라."

밴드에 여자애가 들어오는 건 생각도 해 보지 않았다. 그래도 다자키라면 피아노도 잘 친다고 하고, 괜찮을지도 모르겠다.

"차, 찬성."

내가 대답하자 홋토케가 갑자기 스마트폰을 꺼내더니 나에게 전화를 하라고 했다.

"지금?"

홋토케가 말 없이 고개를 끄덕였다. 가이토도 옆으로 다가왔다.

"왜? 홋토케가 하면 되잖아."

"아니, 나는 절이, 그러니까 피아노가…."

홋토케가 평소와는 다르게 답답하게 굴었다. 그러면 가이토가 하면 되지 않나 싶어서 쳐다보니 가이토도 화장실이 어디냐며 얼버무렸다.

"난 못 해. 이런 거 못 하는 거 알잖아."

하지만 두 사람의 날카로운 눈은 나를 향하고 있었다.

"이럴 때는 다른 초등학교를 나온 네가 하는 게 나아."

말도 안 된다. 다른 초등학교를 나온 게 뭐? 왜?

"그러면 이렇게 하자. 홋토케, 대본을 만들자. 여기다가."

"그래."

우리 집에 처음 온 건데도 가이토는 자연스럽게 내 책상 위에서 종이와 연필을 가져와 홋토케에게 건넸다. 이 둘은 이럴 때만 손발이 척척 맞는다. 홋토케는 거침없이 대사를 쓰더니 내 의견도 묻지 않고 전화를 걸어 나에게 내밀었다. 저편에서 "여보세요" 하는 목소리가 들렸다.

"아, 아, 다자키야? 나 후지이인데."

둘은 서로 안 하겠다고 발뺌한 것치고는 말 한마디도 놓치지 않을 기세로 조용히 귀를 기울였다.

"아, 후지이였구나."

목소리가 분명하게 들리지는 않았지만 다자키의 목소리였다. 나는 대본을 읽기 시작했다.

"지금 우리 집에 홋타랑…"

"야, 그 전에 지금 통화 괜찮냐고 물어봐야지."

홋토케가 급하게 스마트폰을 빼앗으며 나에게 말했다.

"어?"

"먼저 통화 괜찮냐고 묻는 게 예의잖아."

머릿속이 엉켰다. 그런 문장은 안 써 줘 놓고.

"지금 전화 괜찮아?"

"벌써 통화 중인데 뭐야…"

전화기 너머에서 다자키의 웃음 섞인 목소리가 들려왔다. 평소보다 밝은 목소리였다. 나는 대사를 읽었다.

"나랑 홋토케랑 가이토 셋이서 밴드를 만들었는데 너도, 그, 들어올래?"

"밴드?"

아, 갑자기 이렇게 말하면 놀랄 수도 있겠다.

"우리가 기타랑 드럼을 직접 치고 노래도 만들어."

내가 즉흥적으로 말했더니 다자키는 신입생 환영회 때 했던 그런 느낌이냐고 물었다.

"아, 그거보다는 몇 배 더 잘하고 싶은데."

다자키가 그때를 기억하고 있다는 사실을 알게 되자 내 혀가 점점 풀리는 게 느껴졌다.

"나는 피아노밖에 못 치는데."

"괜찮지 않을까?"

가이토가 자기도 괜찮다고 말하라고 재촉했다.

"아, 가이토가 괜찮다고."

옆에서 홋토케도 찬성이라고 말했다.

"홋토케도. 아, 홋토케는 홋타를 말하는 거야."

"그건 나도 알아. 같은 초등학교 나왔는데."

홋토케는 작게 승리의 포즈를 취한 다음 나에게서 스마트폰을 슥 가져갔다.

"그러면 지금 초크 집으로 올래? 집이 작긴 한데. 다리를 건너면 문어공원이 나오는데…. 아, 아니다. 내가 지금 그쪽으로 갈게."

홋토케는 다자키와 통화하면서 계단을 내려갔다.

20분 뒤에 홋토케가 다자키를 데리고 왔다. 엄마는 "여, 여자 친구?" 하고 아까보다 더 놀라서 두 손으로 입을 막았다.

다자키는 초등학교 때 쓰던 하늘색 멜로디언을 들고 있었다. 내 멜로디언도 저거였는데. 홋토케가 갑자기 리더십을 발휘하기 시작했다.

"그러면 컴퓨터가 여기 있으니까, 기타가, 아니, 다자키가 중간에 서고…"

나는 형이 보내 준 악보를 나눠 주었다. 오늘은 이 곡을 하는 모양이다.

"뭐야, 이걸 어떻게 해."

"무리야, 무리."

홋토케와 가이토가 툴툴댔지만 다자키는 바로 소리를 냈다. 악보를 보면 바로 칠 수 있나 보다.

2시가 되어 컴퓨터를 켜니 바로 형의 모습이 보였다. 얼굴만 크게 보여서 수염까지 보였다. 얼굴이 조금 탄 것 같았다. 오늘은 형 뒤에 친구들도 몇 명 있었다.

"안녕. 나오히로의 형이야. 너희 밴드를 만들었다며? 대단한데. 오늘 잘해 보자."

형이 손을 흔들었다. 그러더니 몇 초 뒤에 "어?" 하고 깜짝 놀란 소리를 냈다.

"여성 멤버도 있었네."

다자키가 멜로디언을 흔들었다.

"그래, 좋아, 좋아."

"아니, 아직…"

다자키가 모호하게 말하자 형은 "들어와! 들어와!" 하고 웃었다.

화상 수업은 기타부터 시작했다. 내가 모니터 앞에 서자 형은 이제 제법 폼이 그럴듯하다며 칭찬해 주었다.

"그렇게 말해 주니까 고마운데 F는 아직…"

"한번 해 봐."

나는 어색하게 F코드를 잡았다.

"소리도 내 봐."

소리라고 말할 수도 없는, 줄을 긁는 불쾌한 소리가 났다.

"이제 됐어. 흠, 어떻게 할까."

형이 위를 쳐다보자 콧구멍이 크게 보였다. 내가 몇 번이고 불완전한 F코드를 잡자 형이 아이디어를 냈다.

"좋아! 일단 해체해 보자."

"해체?"

"하나하나, 그러니까 손가락 하나하나를 제대로 잡아 보는 거야."

형은 먼저 검지로만 줄을 눌렀다.

"이렇게 해서 소리가 제대로 나오는지 한번 해 봐."

하라는 대로 했지만, 깨끗한 소리가 나오지 않았다. 형은 일단 하나하나를 전부 완벽하게 해내면 그것이 모여 최종적으로 깨끗한 F코드가 완성된다고 했다. 하지만 현실은 그렇게 간단하지 않다. 이론적으로는 무슨 말인지 알겠지만 여러 손가락을 같이 누르면 한 손가락이 다른 손가락을 방해한다. 중지를 사용하면 약지가 뜨고 약지로 누르면 새끼손가락이 잘 구부러지지 않는다. 모든 손가락이 잘 어우러져야 제대로 된 F코드가 되는데, 1+1+1+1이 반드시 4(완벽한 F코드)가 되는 것은 아니다.

"뭐, 조금씩 조금씩 그렇게."

잘 따라가지 못했지만 형은 닦달하지 않았다.

"괜찮아. 넌 항상 천천히 하는 타입이니까."

형은 홋토케에게는 멋지게 탬버린 치는 법을, 가이토에게는 목소리 내는 법을 알려 주었다. 다자키는 벌써 곡을 칠 줄 알았기 때문에 특별히 따로 배울 건 없었다. "그레이트!" "어메이징!" 등 형은 의미를 알 수 없는 영어를 연발하며 다자키에게 꼭 밴드에 들어와 달라고 부탁했다.

"야, 정말 키보드 너무 잘 친다. 최강의 밴드야. 좋았어! 자, 이 곡 끝까지 해 볼까?"

처음에는 무리라고, 무모하다고 난리를 쳤지만 최강이라는 형의 말에 우리는 조금 자신감을 얻었다.

"괜찮아. 일단 끝까지 따라만 와. 우리가 천천히 할 테니까 중간에 언제든지 들어와도 돼."

화면 속에서 인트로가 흘러나왔다. 드럼이 들어간다. 그리고 메인 멜로디가 흐른다. 얼마 전에 유행한, 들어 본 적이 있는 노래다.

타랏라라~ 리라라라~ 탄탄, 샤라라라… 홋토케의 탬버린 소리가 참 좋다. 잘 따라가고 있다. 가이토도 배를 누르고 복식 호흡을 한다.

"나오히로, 손목을 좀 더 이렇게. 부채로 부채질하듯이. 그래, 그렇게."

6번 줄에서 1번 줄로 손으로 쓸어내리는 다운스트로크. '장 자카 장장'의 '카'는 제일 아래 1번 줄부터 6번 줄로 올라가는 업스트로크다. 형이 먼저 보여 주니까 금방 따라 할 수 있었다. 와! 나도 연주하고 있다!

"탬버린, 리듬감 좋고!"

홋토케가 싱글벙글 웃고 있다.

"여기는 길게, 더 길게 늘여서."

"더! 더 천천히!"

손가락을 잘못 짚어도 곡은 앞으로 나아간다. 따라잡자, 따라잡자. 지금은 어디를 연주하는 거지? 따라잡았다. 앞으로, 이대로 후렴구까지, 마지막까지.

"같은 코드 반복."

"나오히로, 소리를 내야지. 틀려도 괜찮아."

"페르마타♥."

"서로 눈을 쳐다보고."

나는 가이토와 눈을 마주쳤다.

"좋아, 같이 후렴구 시작!"

그리고 20분 후에는 한 곡을 끝까지 연주할 수 있었다. 메인 멜로디는 물론 형들 덕분에 완성되었지만, 우리도 끝까지 따라갔다. 당연히 중간에 끊기기도 하고 노래를 놓치기도 했지만, 어쨌든 한 곡을 끝까지 다 연주했다.

"아, 틀렸어!"

"중간에 못 따라갔어."

"여기가 어려워."

모두 조금씩 땀을 흘리고 있었다. 우리 모두 다 이상하게 말이 많아져 가이토는 홋토케에게 잘한다는 말을 연발했고 다자키는 계속 박수를 쳤다. 나도 노래와 코드 진행이 잘 맞아떨어진 부분이 몇 번이나 있었다. 그때는 머리부터 발끝까지 확 달아오르는 쾌감을 느꼈다. 이 뜨거움이 굉장히 자랑스러웠다.

♥ 음표나 쉼표를 적당한 길이로 늘여 연주하라는 기호.

"초크 형, 땡큐예요!"

가이토가 카메라를 보고 외쳤다.

"초크? 초크가 뭐야?"

"얘요."

가이토가 나의 머리를 가볍게 찔렀다.

"그렇구나. 초크!"

형이 화면 너머에서 손짓으로 나를 쿡쿡 찌르는 동작을 했다.

"재미있었어!"

"감사합니다!"

"그래, 한번 열심히 해 봐. 작은 성공을 계속 긁어모으는 거야."

우리는 마주보며 웃었다. F코드가 아직 되지 않았지만 끝까지 따라가 완성해 낸 코드도 있었다.

내 방이 평소와는 완전히 다른 공간이 된 것 같았다. 훌륭한 스튜디오도 아니고 방음장치가 된 곳도 아니지만 우리가 내는 소리의 낱알이 (좋든 나쁘든 전부 포함해서) 아직 여기저기에 떠다니는 것 같아 좋았다.

"오빠는 언제부터 밴드 했어요?"

다자키가 이마 쪽으로 손수건을 팔락팔락 흔들며 물었다.

"중1부터."

우리는 얼굴을 마주 봤다.

'우리랑 똑같잖아.'

"어떻게 하게 됐어요?"

다자키가 상기된 얼굴로 또 물었다.

"재미있었던 거, 20퍼센트 더 부풀려서 말해 줘요."

가이토가 이어서 말했다.

"중1 때 담임이 베이스를 진짜 잘 쳤어. 그때 배웠지."

"좋겠다. 우리 담임은 완전 꼰대인데…"

우리는 동시에 고개를 끄덕였다.

"나는 기시노 선생님 덕분에…"

"기시노?"

넷이 합창을 했다.

"어. 미술 선생님이었어. 어? 그러고 보니 '20퍼센트 더'라는 말은…"

입이 떡 벌어졌다. 기시노 선생님? 지저분한 흰색 가운을 입은 그 기시노 선생님?

"우리 담임도 기시노인데…"

가이토의 말에 화면 이쪽저쪽에서 "정말?" "진짜?" 하는 말이 오고 갔다.

"동일 인물인가?"

"아니겠지."

"선생님들은 학교 자주 옮기잖아."

"그렇긴 한데 맨날 쓰던 말도 똑같잖아."

"초크랑 형은 몇 살 차이야?"

"일곱 살."

"7년이면, 그렇게 오래 같은 학교에 있을 수 있어?"

"으음."

"미술이면 가능할지도. 나, 선생님 가운에 낙서도 했는데."

믿을 수 없는 전개에 방심하고 있었는데, 천천히 방문이 열렸다.

"와, 방이 후덥지근하네. 아니, 나오타카!"

엄마가 주스를 들고 방으로 들어오다가 화면에서 형을 발견했다.

"너, 지금 뭐 하는 거야? 학교는 어떻게 된 거야?"

아니, 여기서 둘이 싸운다고? 그만해, 부끄럽잖아. 나는 당황해서 연습을 급하게 끝냈다.

"형, 고마워. 끝, 끝! 밖에 나가자. 가자! 우리 엄마 화나면 잔소리가 길거든."

우리는 주스를 단번에 마시고 거의 굴러가듯 집 밖으로 나갔다.

"잘 마셨습니다!"

"감사합니다!"

"아니, 아직 제대로 인사도 못 했는데…"

다자키만 곤란한 얼굴을 했고, 나머지는 밖으로 내달렸다.

"역시 형제네. 왠지 닮았어."

"맞아, 얼굴 윗부분이 똑같아."

불어오는 바람이 몸 전체를 어루만진다. 이마 위 앞머리도 나부낀다. 그렇게 달리는 도중에 가이토가 문어공원을 가리켰다.

"뭐야, 저거? 빨간 문어?"

우리는 경쟁하듯이 공원으로 들어갔다. 가이토가 가장 먼저 문어 다리를 타고 내려왔다. 홋토케는 커브가 가장 심한 문어 다리를 골랐다. 나는 밑에서 위로 올라갔다.

"와, 미끄럽다."

"꽤 빠른데?"

그리고 갑자기 술래잡기처럼 되어 버렸다. 가이토가 "호우호우" 하면서 원숭이 같은 소리를 냈다.

"호우호우, 재미있다. 이 미끄럼틀."

"꺄, 내려간다!"

다자키의 가늘고 높은 목소리가 살짝 어두워진 공원 안에 울려 퍼진다.

"아, 재미있다, 호우호우!"

홋토케도 "호우호우" 하면서 미끄럼틀 중간쯤에서 잔디로 뛰어내렸다.

"호우호우, 여기야!"

다자키는 문어의 머리 부근에 있었다.

"리코, 한번 내려와 봐, 호우호우."

"싫어."

"빨리 내려와, 리코."

가이토와 홋토케는 언제부턴가 다자키를 성이 아니라 이름인 리코로 부르고 있었다. 나는 아직 이름을 부를 정도로 친한 사이는 아니어서 여자아이들이 부르던 것처럼 "리코링"이라고 작게 소리 내 보았다. 부끄럽다. 아직 '리코'라고 대놓고 부르지는 못하겠지만, 많이 친해진 느낌이 든다.

우리의 신이 난 그림자가 미끄럼틀 위에서 여기로, 저기로 움직였다. 가이토는 계속 "호우호우" 하고 외치며 짙은 녹색 잔디 위에서 깨끼발로 뛰기도 하고 옆 돌기를 하기도 했다. 홋토케는 초등학생처럼 "호우호후" 하면서 그림자밟기를 했다. 주변이 어두워졌지만 아무도 "호우호우"를 멈추려 하지 않았다.

비공식 캐스팅

8

2학기가 시작되자마자 나는 가이토와 홋토케와 함께 미술준비실로 향했다. 기시노 선생님은 교무실이 아니라 거기 있을 것 같았다.

음악실 바로 앞인 미술준비실에 가까이 다가가니 물감 같기도 하고 기름 같기도 한 냄새가 났다.

"누가? 누가 들어가?"

"지금은 당연히 가이토지."

홋토케가 말했다.

"아니지. 이 이야기를 시작한 건 초크의 형이니까."

가이토는 내 등을 떠밀었다.

"싫어."

우리 셋이 작은 강아지처럼 빙글빙글 돌고 있는데 미술준비실 문이 확 열렸다.

"거기서 뭣들 하는 거냐?"

트레이드마크인 흰색 가운에서 유화 물감 냄새가 훅 일었다.

"저기… 선생님…. 드릴 말씀이…."

우리는 미술준비실로 들어갔다.

기시노 선생님은 유화를 그리고 있었던 모양이다. 벽 쪽에는 얼굴만 있는 하얀 조각상이 쭉 늘어서 있었고 『세계의 미술』 같은 전집이 책장에 꽂혀 있었다. 벽 구석에는 더러워진 흰색 가운 몇 벌이 옷걸이에 걸려 있었다.

이야기는 두 사람에게 맡기고 나는 옷걸이 쪽으로 걸어갔다.

"후지이!"

나는 걸음을 멈췄다.

"미술 시험, 손가락 잘 그렸더라."

의외의 말에 나는 깜짝 놀랐다.

"자기 손을 자주 관찰하나 보지?"

그러고 보니 기타 연습 후에 손가락을 보는 날이 많았다. 기타 줄 자국이 남았네, 손이 좀 더 커질 수는 없나 하면서. 오랜만에 들은 칭찬이어서 그런지 등이 간지러웠다.

"그런데 할 이야기가 뭐야? 반에 무슨 일이 있어?"

"선생님, 예전에 혹시…."

여기까지는 가이토가 말했다. 그 말을 홋토케가 받았다.

"선생님, 우리 학교에서 밴드 하셨어요? 혹시 후지이 나오타카 형 아세요?"

나는 기시노 선생님의 표정을 보지 못했다. 옷걸이에 걸려 있던 흰색 가운을 하나하나 확인하고 있었기 때문이다. 주머니 근처, 허리 부근… 여기에도 없고, 저기에도 없다. 형이 분명 흰색 가운에 낙서를 했다고 했는데….

"아! 여기 있다!"

나는 흰색 가운 하나를 잡았다. 허리 부근에 삐뚤삐뚤한 글씨로 '밴드 최고'라는 글자가 쓰여 있었다.

나는 그 가운을 옷걸이에서 빼서 기시노 선생님, 가이토, 홋토케에게 보여 주었다.

"여기, 여기."

"밴드…"

기시노 선생님은 입안에서 몇 번이나 그 말을 반복하더니 잠시 벽을 바라봤다. 선생님의 표정이 차츰 변했다. 처음에는 흑백이었다가 연한 색이 입혀지더니 그 위에 계속 색이 덧입혀지면서 진하고 뚜렷해지는 느낌이랄까. 선생님은 목 깊은 곳에서 "아, 아" 하고 소리를 냈다.

"우리 형은, 아니, 저희 형은 후지이 나오타카라고 합니다. 기시노 티와 같이 축제에서 밴드 연주를 했다고 했어요. 형은 기시노티에게 굉장히 고마워하고 있어요. 기시노티에게 기타를 배우고 인생이 바뀌었다고요. 기타가 너무 좋아져서 자신감도 생기고 세상이 넓어졌다고 그랬어요. 기시노티는 베이스뿐만 아니라 기타도 키보드도 드럼도 전부 다룰 줄 안다고…."

나는 단숨에 말을 뱉어 냈다. 이런 적은 처음이다. 다른 사람 앞에서 이렇게 말이 쉴 새 없이 나오다니.

기시노 선생님은 손을 들어 내 말을 멈췄다.

"자꾸 티, 티라고 하는데 그게 도대체 뭐…."

그때 가이토가 "아, 이거!" 하면서 선반 위에 있던 사진을 들어 올렸다.

"젊다!"

기타와 드럼 스틱을 든 학생들이 쭉 늘어서 있었고 제일 끝에 기시노 선생님이 보였다.

"아, 그거, 보지 마!"

모두 똑같은 노란색 모자를 쓰고 손가락으로 브이를 그리고 있다. 체육관 무대 옆, 체육용품실 안에서 찍은 사진에는 '대성공! 축제 밴드 연주'라는 글씨가 쓰여 있었다.

"왜 밴드를 계속하지 않으세요?"

기시노 선생님은 홋토케의 질문에 허가 찔린 듯 입을 다물었다.

"선생님 안 하고 밴느를 했어도 성공했을 거 같아요."

기시노 선생님은 웃었다.

"세상에는 잘하는 녀석들이 엄청나게 많아. 그리고 잘한다고 다 프로가 되는 것도 아니고."

기시노 선생님은 시선을 창문 너머 하늘로 옮겼다.

"많이 부딪쳤지. 학생 때, 밴드 같이 하던 녀석들이랑. 프로가 될지, 이쯤에서 그만둘지."

기시노 선생님은 어느 쪽이었을까?

"거의 매일 싸웠어. 내가 연습 때 땡땡이치지 말라고 하는데도 아르바이트나 취직 시험 준비 때문에 못 온다고 하니까."

기시노 선생님은 '계속하자 파'였구나. 왠지 기쁘다.

"하지만 나는 결국 교사가 되었고…. 그렇게 싸웠는데도, 뭐, 지금은 좋은 친구지."

"엄청 싸웠는데도요?"

기시노 선생님은 우리를 보면서 고개를 끄덕였다.

"싸우고 나서 진짜 친구가 된다고 하잖냐."

"선생님, 부탁이 있어요."

우리는 한목소리를 냈다.

"우리랑 같이 밴드, 하시지 않을래요?"

기시노 선생님은 좀처럼 대답을 하지 않았다. 선생님들은 방과 후에 회의가 아주 많은 모양이었다. 결국 밴드 멤버는 될 수 없다고 말했다.

"그러면 가끔 가르쳐 주세요."

가이토가 먼저 말했고, 홋토케와 나도 같이 졸랐다.

"음."

기시노 선생님은 고민이 되는 모양이다.

"이제 막 될 거 같은 느낌이 온단 말이에요, 선생님."

"코드도 혼자 공부하고 있어요. F도 조금만 더 하면 성공할 수 있을 거 같아요."

기시노 선생님은 내 눈을 쳐다봤다.

"F 말이지. 기타 소년이라면 F 때문에 좌절하는 시기를 한 번씩 겪는 법이지."

기시노 선생님은 매번은 안 된다고 못을 박아 두고는, 잘해 보자며 우리와 하이파이브를 했다.

태양의 기세가 조금씩 약해지면서 그늘이 생기고, 오후가 되자 차가운 바람이 불어왔다. 가을의 시작이다. 가이토는 오늘도 문화위원회를 땡땡이치려고 했다. 어린이집에 가야 할 시간이라고 했지만, 홋토케에게 물어보니 아직 시간이 남아 있었다.

"가이토, 안 돼."

나는 마음을 강하게 믹고 가이토의 교복을 잡았다.

"너도 위원이니까, 책임감을 가져야지."

10분도 좋고 20분도 좋으니 얼굴을 비쳐야 한다, 항상 나 혼자 가는 건 이상하다, 투덜거리며 말했더니 가이토는 마지못해 출석했다.

"오늘 위원회야? 그러면 다자키랑 음악실에서 연습하고 있을게."

홋토케가 말했다. 기시노 선생님은 회의가 있는 모양이다.

문화위원회가 열리는 교실에 들어가니 지도교사인 다나카 선생님이 교실 구석에 서 있었다. 오늘 논의할 주제는 학교 축제에 대한 것이었다. 축제는 학교에서 열리는 가장 큰 행사다. 가족도 보러 오고 동네 주민들에게도 공개한다.

"그러면 매년 하는 것처럼 무대 발표는 학년별로 하고, 동아리에서는 관악부와 연극부가 하고… 전시는 과학부와 미술부와 퀴즈연구회, 야구부와 축구부는 체험 코너 설치, 이렇게 하는 걸로 할까요?"

모두가 찬성했는데, 가이토가 손을 들었다.

"잠시만요."

나는 깜짝 놀랐다. 가이토는 아까부터 자고 있었는데.

"좀 더 재미있는 걸 하면 어떨까요?"

그러자 앞에 있던 임원이 인상을 썼다.

"재미있는 게 어떤 걸 말하는 거죠? 그런 말을 할 거면 구체적인 사례를 들어 주세요."

가이토는 나에게 작은 목소리로 어떤 걸 할지 예를 들면 되는 건지 물어본 후, 밴드 연주 같은 건 어떠냐고 말을 꺼냈다. 나는 가슴이 두근거렸다.

"밴드?"

위원회가 술렁거렸다.

"프로를 부르자는 건가요?"

가이토는 고개를 도리도리 흔들었다.

"학교에 동아리가 있나요?"

가이토는 고개를 더 세게 흔들었다.

"지금 와서 어쩌자는 거죠? 시간도 다 배정돼서, 겨우 짜내도 막간밖엔 없는데…"

"막 뭐라고요? 막, 그거. 그거여도 좋아요."

"막간이 뭐야?"

누군가가 물었다.

"발표랑 발표 사이. 다음 발표를 준비하는 동안. 5분도 안 되는 시간이긴 한데."

소곤거리는 목소리가 들렸다.

"동아리도 아니고 반에서 합의된 것도 아닌데 무대에 올릴 수는 없습니다. 새로운 것을 제안하려면 절차를 제대로 밟아야죠."

"그러니까 아무것노 안 변하는 거예요. 축제를, 아니, 학교를 더 재미있게 만들자고요!"

모두 조용해졌다.

"안 됩니다. 그런 갑작스러운 제안은 받아들일 수 없습니다."

의장이 해산하려고 하는데 위원장이 이야기를 조금 더 들어 보자며 자리에서 일어섰다. 다나카 선생님도 고개를 끄덕였다. 의장은 마지못해 토론을 처음으로 되돌렸다. 위원장은 학교 축제의 테마와 행사의 의미에 대해 읽었다.

"학교 축제는 학생회가 중심이 되어 기획 운영을 하는 행사입니다. 내용은 전시와 무대 발표이며 중학생의 일상생활을 지역 사회에도 공개함으로써 친목을 도모합니다. 여기까지는 괜찮죠?"

이의는 없었다.

"올해의 주제는 '교류'로 결정되었습니다. 이건 지난번 위원회에서 결정된 사항입니다. 그때 분명 결석하셨죠?"

가이토는 못 들은 척 대꾸하지 않았다. 지난번 회의 때 '개척'이라든지 '창조'라든지 여러 후보가 나왔지만 '교류'가 가장 많은 사람의 선택을 받았다.

의사록을 읽는 위원장의 얼굴이 조금 부드러워졌다.

"교류란 여러 일과 사람이 함께 섞이는 것입니다. 축제가 반 친구들 간의 교류, 같은 학년 간의 교류, 다른 학년 간의 교류 등 다양한 사람들과 만나는 장이 되고 우리 중학교의 전통을 새롭게 만드는 계기가 되었으면 좋겠습니다. 저는 이런 내용을 고려한 발표 무대를 생각하고 있는데요."

위원장은 여기까지 말하고 고개를 들어 사람들을 둘러봤다.

"그런데 사실 축제 내용은 제가 1학년 때나 2학년 때나 거의 달라지지 않았어요. 테마가 바뀌어도 내용은 항상 비슷한 게 현 상황이긴 합니다."

"그러니까 새로운 걸 해요!"

가이토가 기회를 놓치지 않고 말했다. 맨날 결석하면서 출석만 하면 존재감이 엄청나다.

"하지만 말하기는 쉽지만 실천하기는 어렵다는 말이 있듯…."

위원장의 말에 가이토는 무슨 뜻이냐고 나에게 물었다. 갑작스러운 질문에 나는 바로 대답하지 못했다.

"그러니까 말하기는 간단해도…."

"그래, 그래."

가이토는 이미 반은 일어난 상태다.

"말하는 것도 간단하고, 하는 것도 간단한…. 아까 말한 밴드, 어때요?"

가이토는 교실을 쭉 한번 둘러봤다.

"작년에 했다면 새롭지 않겠지만… 작년에 밴드를 했나요?"

가이토는 어느새 격식을 차린 딱딱한 말투가 아니라 평소 말투로 돌아와 있었다.

"아니요, 안 했어요."

위원장은 웃으며 답했다.

"이번 테마가 교류라면서요. 컬래버인 거잖아요!"

가이토와 눈이 마주친 다나카 선생님이 "컬래버레이션!" 하고 고개를 끄덕였다.

"그러면 우리 밴드가 딱이에요!"

가이토는 나를 쳐다봤다.

"선생님도 같이 하니까. 선생님과 학생의 컬래버레이션. 정말 테마에 딱 맞잖아요."

"와, 정말? 선생님이라니, 누굴까?"

다나카 선생님의 한마디가 결정타가 되었다. 밴드 연주가 가결되었다.

"홋토케, 홋토케!"

"다자키, 다자키!"

나와 가이토는 위원회가 끝나자마자 음악실로 달려갔다. 계단을 올라가 복도를 돌고 도니 드럼과 키보드 소리가 들리기 시작했다. 귀로 들어오는 소리가 점점 커진다. 기시노 선생님의 목소리도 들린다. 가이토와 나는 동시에 음악실로 뛰어 들어갔다.

"됐어!"

가이토가 소리치자 음악이 멈췄다.

"축제 나간다! 우리 밴드!"

"뭐? 축제?!"

다자키의 목소리가 갈라졌다.

한순간 침묵이 이어진 후 우리는 "와!" 하고 팔짝팔짝 뛰며 기뻐했다. 기시노 선생님도 기뻐하는 눈치였다. 홋토케는 드럼 스틱까지 떨어뜨렸다.

"한 곡이긴 하지만…. 막간이긴 해도!"

"딱 좋아!"

모두의 목소리가 겹쳐졌다. 나도 목소리를 냈다.

"할 수 있다!"

실제 공연은 10월 하순. 앞으로 한 달 반이 남았다. 나는 꼭 F코드를 완성해 낼 것이다. 축제 때 모두의 앞에서 F코드를 보여 줄 것이다.

집으로 돌아와 씻고 머리를 말리고 있는데 엄마가 키가 좀 컸냐고 물었다. 생각도 못 하고 있었는데 잠옷 아래로 복숭아뼈가 나와 있었다. 아빠가 놀란 얼굴로 옆에 와 키를 대 보았다. 그러더니 오이도 히루에 3센티씩 자란다며, 원예 코너 주임다운 말을 남겼다.

"내가 오이야?"

쿵쿵대며 2층으로 올라가 의자에 앉았다. 기타가 나를 재촉하고 있었다. 자, 이제 소리를 내기 위한 트레이닝 시작!

나는 요즘 잠옷을 입은 채로 손가락 푸시업을 하고 있다. 소리가 잘 나지 않는 원인을 내 나름대로 생각했다. 왜 깨끗한 소리가 나지 않을까? 손가락에 힘이 없어서 그런 게 아닐까 하는 생각이 들었다. 힘이 손가락 끝까지 전해지지 않으니 줄을 누르는 힘이 약했다. 그 정도로는 줄이 자기를 누른다고 인식하지 못하는 게 아닐까? 더 강하게 누르면 분명 더 깨끗한 소리가 날 것이다.

"하나, 둘."

손가락 푸시업은 정말 힘들었다. 손가락이 부러질 것 같았다. 하지만 그만두고 싶지 않았다. 효과가 정말 있을지 기대가 된다.

"셋, 넷."

막 씻고 나왔는데 다시 땀이 흘렀다. 내 손가락, 축제 때까지 부러지면 안 돼.

뜻밖의 위기

f

밴드 이름이 좀처럼 정해지지 않았다. 가이토는 TV에 나오는 멋진 밴드 이름과 비슷하게 짓자고 했고, 홋토케는 어려운 한자 이름을 들이밀었다. 나는 아무런 이미지도 떠오르지 않았다.

형의 말이 맞았다. 기시노 선생님은 뭐든지 잘했다. 다자키에게는 복잡한 애드리브를 추가해 본 적이 있는지 물었고, 가이토에게는 가성을 쓰라고 주문했다. 홋토케에게는 테크닉은 나무랄 데 없는데 열정이 안 느껴진다고 했다. 기시노 선생님은 집에서 베이스 한 대를 가져왔다. 앰프도 직접 가져왔다. 진짜 프로다. 우리의 실력이 하루하루 늘어가는 걸 실감했다.

노래는 신입생 환영회 때 부른 '중학교에 있지 있지'로 하기로 했다. 하지만 그대로는 아니고, 홋토케가 가사를 조금 고치고 싶다고 말했다.

"봐 봐, '지저분한 흰색 가운은 백 년이 지나도 그대로' 여기는 느낌이 별로야."

기시노 선생님의 하얀 가운 이야기다.

"여기서 모두 웃었지만 나는 누군가를 기분 상하게 하는 웃음은 싫거든."

홋토케는 모두가 즐길 수 있는 가사로 만들어 보겠다고 말했다.

"알았어."

모두 찬성. 그러자 다자키도 하모니를 넣고 싶다고 말했다. 하모니도 잘 만드는 기술이 있다고 한다. 도라면 미, 미라면 솔처럼 하나 건너뛴 음으로 하면 예쁜 소리가 난다고 한다. 그러고 보니 기타 코드도 하나를 건너뛴 음의 조합이 많은 것 같다. C코드는 도미솔, F코드는 파라도. 우리는 다자키에게 하모니 악보를 맡겼다.

기시노 선생님이 없는 날에도 이렇게 넷이서 의견을 나누며 연습했다. 선생님들은 선생님 전원이 모이는 교직원 회의나, 같은 학년 선생님끼리 모이는 학년부 회의나, 행사 또는 연수처럼 자신이 맡은 업무와 관련된 회의가 거의 매일 있다고 한다. 그런 이유로 기시노 선생님이 없는 날이 많았지만 연습은 계속되었다. 뭐니 뭐니 해도 축제에 나가는 거니까. 그래서 가이토가 다 자기 덕분이라고, 자신이 위원회에서 잘해서 된 거라고 의기양양하게 말해도 우리는 잘했다며 박수를 쳤다.

그런데 조금 도를 지나칠 때도 있다. "내가 고개 숙여서 부탁했다니까" "마지막에는 눈물을 흘려서…" 같은 말을 듣고 있으면 얼마만큼 과장하려고 저러는지 알 수 없었다. 나도 그 자리에 있었지만 그 정도는 아니었다. 가이토가 눈물이라니, 절대 아니다.

"그러면 처음부터 간다!"

홋토케가 인트로를 연주하기 시작했다. 그런데 가이토의 보컬이 들어가자 연주를 중단하고 말했다.

"그 음, 틀렸어."

가이토는 바로 기분이 가라앉았다. 가이토가 "네, 네" 하는 정도면 그나마 나은 것이고, 말수가 줄어들면 그때는 긴장을 해야 한다. 가이토는 잠시 쉬자고 하더니 혼자 복도로 나가 버렸다. 바로 돌아오면 다행이지만 돌아오지 않는 게 아닐까 마음이 조마조마했던 적도 있었다.

"물 마시고 왔어."

가이토가 덥다며 부채질을 했다.

"이쪽으로 하지 마."

홋토케가 불쾌한 기색을 보였다.

"안 했어."

"하고 있잖아."

"안 한다니까."

당황한 다자키가 처음부터 다시 해 보자고 말을 꺼냈다. 중간에 끼어들지 않았으면 큰일 날 뻔했다. 유치해, 초등학생 같잖아.

"자, 그러면 다시 한다."

홋토케의 스틱이 움직이고 가이토의 보컬이 들어왔다.

누르는 신호등 너머~♪

"저기, 아까도 말했잖아."

홋토케가 드럼을 멈췄다.

"사람들한테 화내는 것처럼 부르지 마. 차분하게 시작하자고."

"나 화낸 거 아닌데."

그러자 홋토케가 가이토가 노래 부르는 것을 흉내 냈다.

"누 러 는 신 오 등~"

하나하나 발음이 정확하지 않았다.

"좀 더 매끈하게, 깔끔하게. 이렇게 할 바에는 제일 처음 했던 '청소 같은 건'이 더 나아. 가사는 촌스럽지만."

홋토케는 한숨을 쉬더니 말을 이었다.

"겨우 축제에서 연주하게 됐는데, 이대로는…"

"…"

"노래 중간에 그만두라는 말이나 듣게 될걸."

홋토케가 여기까지 말했을 때, 가이토가 성큼성큼 드럼 쪽으로 다가갔다. 다자키도 키보드를 치던 손을 멈췄다. 나 역시 위험한 낌

새를 눈치챘다. 가이토의 빨개진 얼굴을 보고 분위기를 파악한 홋토케는 엉덩이를 들고 도망갈 자세를 취했다.

"다시 한번 해 봐."

"가이토, 그만해."

"내 흉내 낸 거, 다시 해 보라고."

나는 가이토의 등 뒤로 갔다. 그리고 가이토의 셔츠자락을 잡아당기려는데, 가이토가 홋토케의 귀에 대고 작게 중얼거렸다.

"다자키가 보고 있다고 멋있는 척하지 마."

그 순간 홋토케가 가이토를 때리려고 하면서 둘의 팔이 뒤엉켰다. 홋토케는 의자에 앉은 채로 쾅 하고 뒤로 넘어갔다.

"아얏."

넘어질 때 바닥을 손으로 짚으면서 손목이 삔 걸까. 홋토케가 손목을 누르고 있었다. 그런데도 가이토는 여전히 홋토케에게 덤벼들려고 했다.

"그만해."

다자키가 두 사람 쪽으로 달려왔다. 나는 둘을 떼어 놓으려고 안간힘을 썼다. 홋토케는 다른 손으로 손목을 누르며 일어나 가이토를 노려봤다. 가이토 역시 홋토케를 노려봤다. 홋토케가 가이토를 비켜 지나가면서 말했다.

"못 해 먹겠네, 진짜."

홋토케는 복도로 나가 버렸다. 가이토도 복도 쪽을 노려봤다.

"이제 그만, 아니, 그…."

나는 그저 두 손을 바쁘게 움직이며 이 공간의 분위기를 누그러뜨리려고 했다. 하지만 내 부산스러운 행동은 이 상황에서 아무런 도움도 되지 않았다. 가이토에게 말이 너무 심했다고 확실하게 말하면 좋으련만 나에게는 그럴 용기가 없었다.

다자키도 가슴에 손을 얹고 가이토를 쳐다보고 있었다. 잠시 후 다자키가 오늘은 그만하자고 조용히 말했다.

나는 기타를 정리했다. 드럼이 그대로 있었기 때문에 심벌즈와 스네어드럼 등을 하나하나 음악실 구석으로 옮겼다. 다자키가 도와주었다. 홋토케가 이렇게 행동할 거라곤 상상도 하지 못했다. 가이토는 그 자리에 우두커니 서 있었다.

"자, 오늘은 여기서 끝."

다자키가 집에 가자고 말했지만 가이토는 반응이 없다.

"그러면 먼저 갈게."

"…."

"정말 먼저 간다."

나와 다자키는 가이토를 음악실에 남겨 두고 밖으로 나왔다. 복도에서 차가운 공기가 느껴졌다. 조금 전, 홋토케도 이 차가운 공기 속을 통과했을 것이다.

밖은 이미 어둑어둑했다. 그림자가 희미하게 지면에 깔렸다. 이제 사용하지 않는 공중전화 부스 안에는 쓰레기가 가득했다. 밴드는 역시 무리일까? 이렇게 급하게 만들어서는…. 실력도 없으면서.

역시 안 되는 거였나. 그만두는 게 나으려나. 신호등이 깜박거렸다. 우리는 힘없이 그 자리에 멈췄다.

"다녀왔니?"

엄마의 목소리가 들렸지만 잘 다녀왔다는 인사는 하지 못했다.

역시 모든 일은 나쁜 쪽으로, 또 나쁜 쪽으로 흘러간다. 나는 항상 마음 한구석에서 부정적인 감정을 키웠다. 그러면 실제로 안 좋은 일이 일어나도 일어날 만했다고 스스로 두둔할 수 있고, 미리 최악의 상황을 생각해 두면 크게 비참해할 일도 없다는 사실을 알고 있기 때문이다.

하지만 오늘은 정말 힘들었다. 밴드, 못 할지도 몰라. 축제, 못 나갈지도 몰라.

두 사람의 사이는 금방 원래대로 돌아오지 않을 것이다. 가이토가 다자키의 이야기를 놀리듯 말한 것은 분명 잘못이다.

손을 씻으면서 얼굴을 봤다. 힘없고 초췌한 얼굴이 거기 있었다. 나는 잠시 물을 틀어 놓은 채 멍하게 있었다.

"배고프니? 얼려 둔 주먹밥 있어."

엄마가 수도꼭지를 꽉 잠갔다.

"주먹밥은 안 먹을래."

"그래. 밖이 춥지. 교복이 아직 차갑네."

엄마가 포근한 타월을 건넸다. 나는 타월에 얼굴을 묻었다. 따뜻하다. 피부가 천천히 이완되면서 움츠러들었던 눈과 코와 눈썹이 확장되는 것 같았다. 좋은 냄새가 났다. 냄새가 코로 들어와 심장까지 전해지면서 부드럽게 새겨지는 것 같았다. 나는 고개를 들었다.

이대로 괜찮을까? 이렇게 빨리 밴드가 망가지는 걸 보고만 있어도 될까? 이건 그 둘만의 문제일까? 나는 가만히 있어도 될까?

"파스."

입이 움직였다.

"엄마, 파스 있어?"

나는 구급상자가 어디 있는지조차 몰랐다.

"엄마, 파스 어디 있어?"

나는 파스를 들고 해가 지는 거리로 뛰어나갔다.

나는 희미하게 비상등이 켜진 초등학교 옆을 뛰어 지나갔다. 아마도 훗토케는 손목을 다쳤을 것이다. 골절까지는 아니어도 삐었을 수도 있다. 손목을 꽉 누르고 있었으니까.

학교로 넘어가는 다리에 도착했다. 저녁 바람을 온전히 맞았다. 헤드라이트를 켠 자동차가 하나둘 지나가면서 거리를 따라 늘어서 있는 큰 노란색 점들을 비추었다. 별인가? 하지만 별보다 훨씬 낮은 곳에 있었다. 자세히 보니 잎이 노랗게 변한 은행나무였다. 봄에는 뾰족한 가지로 날 위협하더니 여름엔 부채 모양의 잎을 살랑이며 나를 내려다보던 은행나무. 그 은행나무의 잎이 샛노랗게 빛나고 있었다. 빨리 가라고, 빨리 달리라고 은행나무의 노란빛이 내 등을 밀고 있다. 나는 횡단보도를 건너 좁은 길로 들어섰다. 개가 짖고 있다. 꽃이 흔들린다. 나는 달렸다. 큰 담벼락이 보이기 시작했다. 나는 절 안으로 들어가 본당 오른쪽에 있는 현관으로 향했다. 그곳이 홋토케네 집 현관이라고 처음 왔던 날 들었다.

딩동, 초인종이 울리자 바로 "네" 하는 목소리가 들렸다. 현관에는 손님이 있는 것 같았고, 홋토케의 엄마인 듯 보이는 아주머니가 나를 맞아 주었다.

"무슨 일로…."

대답을 하려다가 나는 깜짝 놀랐다. 아주머니 뒤에 다자키가 있었기 때문이다.

"어?"

나와 다자키가 동시에 말하자 홋토케의 엄마가 "켄의 친구니?" 하고 물었다.

나는 현관 안으로 들어섰다. 넓은 현관에는 연회비 접수 서류, 강좌 홍보지 등이 꽂힌 신반이 있었다. 다자키와 나는 그 선반 바로 앞에 나란히 섰다.

"리코가 오고 또 다른 친구까지 오다니, 켄이 친구가 많아졌네."

훗토케의 엄마가 생긋 웃으며 들어오라고 권했지만 나는 괜찮다고 했다. 그리고 가지고 간 파스를 내밀었다. 문득 이렇게 넓은 절에 상비약이 없을 리 없다는 생각이 들었다. 하지만 내민 손을 다시 거두지는 않았다.

"어머?"

훗토케의 엄마와 다자키가 키득거렸다. 어리둥절해하며 다자키쪽을 보니 선반 위에 같은 파스가 놓여 있었다.

"나도 가져왔거든."

"진짜?"

우리가 같은 생각을 했나 보다.

"저, 오늘 음악실에서…."

오늘 학교에서 있었던 일을 말하려고 했는데 훗토케의 엄마가 웃으며 리코에게 들었다고 말했다. 훗토케는 집으로 돌아와 인사도하지 않고 욕실로 들어가 굉장히 오랫동안 손을 씻었다고 한다. 훗토케도 따뜻한 타월을 받았을까?

"쟤가 좀 고집이 세서 힘들지? 미안해라. 너희들 다녀간 거 꼭 이야기할게."

나와 다자키는 예의 바르게 인사를 하고 현관을 나섰다. 그런데 그곳에 동생들을 데리러 온 가이토가 있었다. 이건 전혀 예상하지 못했다.

다음 날, 홋토케의 손목에는 작은 파스가 붙어 있었다. 다행히 손목이 크게 아프지는 않은 모양이다. 나와 다자키는 눈을 마주치며 안심했다.

"땡큐."

홋토케가 작게 말했다. 나를 지나 다자키에게도 가서 고맙다고 말했다. 다자키가 어떤 얼굴을 하고 있는지 궁금했다. 분명 안심한 표정이겠지? 그러면 이제 남은 건 한 사람. 그런데 그 한 사람은 아직 학교에 오지 않았다. 지금 우리는 아주 간당간당하게 이어져 있었다. 우리 밴드의 결속력은 아직 괜찮은 걸까? 차가운 바람이 교실로 스며들었다.

아침 자율활동 시간이 끝나고 가이토가 교실로 들어왔다. 손으로 목을 누른 채. 수다쟁이 아이들이 왜 그러냐고 물었다.

"잠을 잘못 잤나 봐."

"어제?"

"그래, 우리 집에는 빚이 있으니까."

의미를 알 수 없는 말에 아이들은 고개를 갸웃거렸다. 가이토는 목덜미를 주무르며 책상 쪽으로 갔다.

"아! 아! 아야! 움직이질 못하겠네."

가이토는 상반신을 똑바로 세운 상태로 천천히 의자에 앉았다.

"양호실에 가."

"파스 붙이면 좋아."

여자아이들이 너도 나도 조언을 했다. 역시 가이토는 사람들을 끄는 힘이 있다. 가이토는 고맙다고 대답하면서 손으로 목의 아픈 부분을 찾았다. 그때 홋토케가 내 어깨를 툭툭 쳤다.

"왜?"

홋토케를 쳐다보니 하얀 비닐봉지 같은 것을 들고 있었다.

"이게 뭐야?"

홋토케는 코를 위로 찡긋하더니 나에게 비닐봉지를 내밀었다.

"뭐?"

홋토케의 코가 홍 하는 느낌으로 아까보다 더 크게 움직였다. 내가 꾸물거리고 있으니 홋토케는 화가 난 것 같은 얼굴로 전해 달라고 말했다.

"전해 주다니 뭘? 누구한테?"

내가 어리둥절한 표정으로 가만히 있으니 다자키가 알았다며 비닐봉지를 가지고 갔다.

"가이토, 이거."

"와, 뭐야. 파스를 학교에 가지고 다녀?"

가이토는 비닐 안을 보더니 고맙다고 말했다.

"내가 아니고, 저기."

다자키가 홋토케를 가리켰다. 가이토는 천천히 고개를 돌렸다. 그러자 홋토케는 그 움직임에 맞춰 천천히 시선을 밖으로 돌렸다. 어쩜 저렇게 고집이 센지.

"어제는 고마웠다네."

나는 홋토케를 대신해서 말했다.

"나도 고맙다네."

가이토의 대변인은 다자키다.

"뭐 하는 거야, 리코링?"

여자아이들이 묻자 다자키는 남자들은 정말 귀찮다고 말하며 웃었다.

"뭐야, 뭐야?"

"무슨 일인데?"

다자키가 모든 일을 말하지는 않을 것이다. 대충 이야기를 만들어 그 자리를 잘 정리했을 것이다.

"오, 가이토. 오늘 자세가 좋네."

수학 선생님이 교실에 들어왔다. 우리의 하루가 시작되었다.

걱정과 달리 방과 후 연습에는 네 사람이 모두 모였다. 기시노 선생님은 오늘도 회의가 끝나고 올 예정이다.

나는 아직 F코드가 되지 않는다. 이래서는 무대에 오를 일이 정말 걱정이다. 가이토의 목은 아침보다는 잘 움직였지만 무리는 금물이다. 가이토가 노래를 멈추고 나에게 다가왔다.

"F, 아직 안 되지? 괜찮아, 치는 척만 해도."

가이토가 가볍게 말했다.

"F 연습만 하다가 F만 잘하고 다른 건 못하면 어떡해?"

"뭐야."

나는 검지로 1프렛에서 세하를 잡았다. 손가락 푸시업도 했으니까 조금은 힘이 생겼으면 좋겠다. 하지만 아직은 소리가 깨끗하지 않았다.

개인 연습 시간 때 나는 F코드만 계속 연습했다. 가끔 운 좋게 소리가 잘 나기도 했지만 그때뿐이었다.

"앗, 지금 건 괜찮았는데."

"정말?"

전부 연주를 멈추고 나의 F코드를 들어 주었다. 위의 세 줄은 소리가 났지만, 아래의 세 줄은 갈라졌다.

"자, 다시!"

홋토케가 드럼을 치기 시작했다. 손목이 괜찮은가 보다. 나는 몇 번이고 계속 연습했다.

"꼭 할 수 있을 거야."

다자키가 나를 격려해 주었다.

"소리가 포개지면 좋아져."

내가 작은 목소리로 중얼거렸다.

"뭐가?"

"소리."

"파, 라, 도. 소리가 포개지면 하늘까지 퍼질 것 같은 느낌이야."

"그러네."

다자키가 고개를 끄덕였다.

기시노 선생님도 드디어 합류했다. 베이스가 들어가니 바로 소리가 정리되었다.

"자, 이제 일주일 남았어. 마지막까지 파이팅!"

우리는 연습하고 또 연습했다. 무대에 올라갈 때까지 쉬지 않고 계속했다.

우리들의 파스's

𝄢

스포트라이트가 사라지고 연극부의 무대가 끝났다. 박수의 파도가 잦아들면서 객석이 소란스러워졌다.

가이토가 교복을 벗고 와이셔츠 소매를 걷기 시작했다. 좀처럼 예쁘게 되지 않아 접었다 폈다를 반복했다. 자세히 보니 손이 약간 떨리고 있었다. 홋토케는 작은 목소리로 "나무아미타불"을 반복했다. 나도 사실 아까 전부터 화장실이 가고 싶어서 미칠 것 같았다.

오늘은 집에서 기타를 가져왔다. 형이 내가 학교 축제에 나간다는 사실을 엄마에게 듣고 기타 케이스를 택배로 보내 주었다. 그 안에는 형이 쓴 메모가 들어 있었다.

'즐겨!'

형은 수업에 다시 조금씩 나가는 것 같았다.

"자, 나간다."

가이토는 말은 하면서도 발을 움직이지 않았다. 그러자 다자키가 거침없이 앞장을 섰다.

"자, 간다, 파스's."

"응?"

발도 못 떼는 우리 앞에서 다자키가 홀로 팔짱을 끼며 씩씩하게 말했다.

"멋진 이름이지? 아까 위원장한테 말했어. 연습 때 너희 손목이랑 목에 파스 붙이고 난리였잖아."

"그래서 파스's?"

"선생님도요. 허리, 제발 정형외과 같은 데 꼭 가세요."

기시노 선생님도 아이들처럼 고개를 움츠렸다.

"다음은 파스's의 무대입니다. 함께 보시죠!"

"파이팅!"

아직도 우리는 겁을 먹고 있었다.

"자, 용기, 20퍼센트 더! 가이토, 홋토케, 초크, 따라와!"

더는 미적거릴 수 없다. 다자키가 앞장을 서고 가이토, 홋토케, 내가 뒤를 이었다. 그리고 기시노 선생님이 맨 뒤에 섰다. 무대 뒤에서는 관악부가 준비 중이다. 우리가 등장하자 뭘 하려는 건지 모르겠다는 시선을 보내는 어른도 있었다.

"여러분, 올해 치음으로 1학년 1반의 의견으로 막간에 밴드 연주를 하게 되었습니다."

우리는 얼굴을 마주 봤다. 매일 연습했다. 홋토케의 손도, 가이토의 목도 다 나아서 중도 하차할 일도 없었다. 곡의 강약, 템포, 후렴구로 자연스레 넘어가는 법 등에 대해 다 함께 이야기를 나누면서 우리의 베스트를 완성했다. 이제 모두에게 보여 줄 차례.

홋토케가 4분의 4박자로 조용히 인트로를 시작했다. 다자키의 키보드가 예쁘게 소리를 냈다. 가사는 홋토케가 고쳤다.

누르는 신호등 버튼 너머~♪

가이토가 노래를 시작했다. Am.

다른 세계가 있어~♪

여기는 Em.

새로운 친구들과 만났어~♪

홋토케의 드럼은 아직까진 앞 박자를 세게 치고 있었다. 후렴구에 들어가면 애프터 비트가 된다. 관객석에서 저 흰색 가운은 누구냐며 손가락으로 가리키는 사람이 보였다. 기시노 선생님은 무대에 오르기 전에 선글라스를 꼈다. 다시 같은 프레이즈 반복.

누르는 신호등 버튼 너머~♪

곧 사람들이 술렁거리기 시작하면서 나는 내 기타 소리를 들을 수 없었다. 리듬이 맞는지, 소리가 잘 나오고 있는지 걱정이 되었다. 가이토의 목소리도 긴장한 탓인지 조금 높아졌다. 조명 때문에 객석의 모습이 잘 보이지 않았다. 그런데….

청소 같은 건~♪

이 가사가 나오자 함성이 터졌다. 들어 본 노래가 나오자 박수가 쏟아졌다. 그렇게 분위기가 살아났다.

하기 싫어~♪

웃음소리가 객석에 퍼져 나갔다.

시험 같은 건~(같은 건~)♪

객석에서 누군가가 노래를 따라 부르는 것 같았다.

하기 싫어~(싫어~)♪

웃음소리가 들렸다. 이번에는 학부모석에서 들리는 것 같았다. 엄마랑 아빠도 같이 웃고 있을까? 즉흥적으로 이 노래를 불렀던 신학기에 뭐가 뭔지도 모른 채 기타를 치기 시작했다. 그랬더니 다른 사람들이 재미있어했고, 그렇게 중학교 생활이 시작되었다. 할 수 있을지도 모른다는 생각도 잠시, 바로 손가락이 아프고 빨개졌다. 기타 줄에 쓸려서 피가 날 뻔한 적도 있었다. 지금 이 순간을, 내가 가장 믿을 수 없다. 이런 일이 일어나다니.

나의 중학교~♪

모르는 것투성이~♪

문화위원 같은 건 하고 싶지 않았다. 그런데 막상 해 보니까 재미있었다.

기타도 처음부터 배웠어~♪

형은 어떤 마음으로 나에게 기타를 주고 간 걸까? 형이 준 그 기타에서 우리 밴드가 시작되었다. 자, 이제 곡조가 바뀐다. 단조에서 장조로.

나의 F, F가 안 돼~(호우호우~)♪

나의 F, 전혀 안 돼~(호우호우~)♪

어느샌가 '호우호우'는 코러스가 되었다. 홋토케의 드럼이 애프터 비트로 바뀌었다. 8소절은 드럼 솔로. 나는 손가락을 하나하나 F코드 모양으로 만들었다. 준비 완료. 자, 이제 드디어 F다. 홋토케와 눈이 마주쳤다. 나는 손가락 하나하나로 한 줄 한 줄 누른 F코드를 연주했다. 아, 소리가 제대로 나지 않았다. 다시 도전. 손가락을 하나하나… 아니, 이제 이론 같은 건 필요 없다. 나만의 F를 만들면 된다. 나의 F.

샤리리 링—.

별똥별이 떨어졌나? 아니, 내가 낸 소리다. 그렇게 어려웠던 F코드가 빛나는 소리가 되어 나를 감쌌다. 성공한 건가?

홋토케의 드럼이 엄청 큰 소리를 냈다. 쳐다보니 홋토케는 '해냈잖아' 하는 얼굴을 하고 있었다. 내가 F코드에 성공한 것을 홋토케는 알고 있었다. 그리고 뒤에서 내 등을 쿡쿡 찔렀다. 가이토도 노래를 부르며 나와 눈을 맞췄다.

호우호우 대단한데~♪

가이토도 알아줬다. 다자키를 쳐다보니 다자키도…. 나의 손가락, 나의 마음이 원하는 바를 이룬 것이다. 기타 줄은 나의 마음을 정확하게 알아주었다. 모두의 마음이 퍼져 나간다. 퍼져 나가서 가득 차고 가득 차서 다시 퍼져 나가며 단숨에 후렴구로 들어간다. 다 같이 하모니를 만들어 낸다. 서로 시선을 마주치고 숨을 들이쉰다.

그런데 너의 F는 뭐야~ (뭐야~)♪

관객석의 소리가 커졌다. 다나카 선생님이 노래에 맞춰 춤을 추고 있었다. 가이토가 내 쪽을 보고 보컬 교대의 신호를 주었다. 홋토케도 웃고 있었다. 다자키의 얼굴도 웃고 있다.

나의 F는~♪

샤리리 링— 나는 F코드를 잡으며 마이크에 대고 큰 목소리로 노래했다.

F는~ FRIENDS!♪

"와—!" 하고 함성이 터졌다.

우리는 깊이 고개를 숙였다.

"앙코르! 앙코르!"

객석에서 소리가 들려왔지만 문화위원장은 안 된다고 신호를 보냈다. 충분하다. 할 수 있는 건 나 했다.

마지막까지 베이스의 정체는 밝히지 않았다. 그게 조건이었으니까. 우리는 무대 옆 체육용품실에서 계속 하이파이브를 했다. 기시노 선생님은 천천히 선글라스를 벗었다. 나는 선생님에게 물었다.

"선생님, 왜 그때 저에게 문화위원을 시키셨어요?"

그러자 기시노 선생님이 땀을 닦으며 말했다.

"예전에 중학교 같은 데는 재미도 없고 친구도 없고 새로운 것도 전혀 없다고 말하던 아이가 있었지."

다자키가 손수건으로 이마를 누르며 고개를 끄덕였다.

"그 녀석에게 기타를 가르쳤어. 근데 꽤 잘하더라고. 그래서 같이 밴드를 만들었지. 그런데 올해 우리 반에 그 녀석이랑 똑 닮은 녀석이 들어와 있더라고."

우리는 이미 그다음 이야기를 알고 있다. 가이토와 홋토케가 손가락으로 나를 가리켰다.

이야기는 앞으로도 계속된다. F가 무엇인지 알게 해 준 이 멤버들과 함께.

F가 안 되는 나

제가 중학교 1학년 때, 포크송이 유행하기 시작했습니다. 마침 반 친구 중에 포크송을 좋아하는 아이가 있다는 걸 알고 포크송 동아리를 만들자고 했습니다. 담임 선생님에게 이야기했더니 지도교사가 없으면 동아리를 만들 수 없다고 하더군요. 우리는 선생님들을 찾아다니며 지도교사가 되어 달라고 부탁했습니다. 하지만 쉽지 않았습니다. 포기하려고 할 때쯤, 한 친구가 기운을 차리더니 아직 한 분이 남았다고 말했습니다. 그 길로 다 같이 복도를 달려갔습니다. 도착한 곳은 양호실. 흰색 가운을 입은 선생님은 다룰 줄 아는 악기가 하나도 없다고 말하셨지만 우리의 요청을 받아 주셨습니다. 그게 포크송 동아리의 시작이었습니다.

저는 아버지에게 기타가 필요하다고 떼를 썼습니다. 다른 학교에서 음악 선생님을 하던 아버지는 학교를 출입하던 음악교구 납품

담당자에게 사정을 설명하며 개인 주문을 부탁했습니다.

우리는 신나게 동아리 활동을 했습니다. 모여서 함께 음악 잡지를 보거나 기타를 잘 치는 아이의 연주를 듣거나 엉터리 노래를 만들면서 놀았죠. 그러던 어느 날 아침, 아버지가 말했습니다.

"오늘은 기타를 가져다주마."

저는 신이 났습니다. 그날은 동아리 활동도 땡땡이치고 집으로 곧장 달려와 아버지가 오기만을 기다렸습니다.

"아빠 왔다!"

아버지의 목소리가 들리자 저는 한달음에 뛰어나갔습니다. 그런데⋯ 아버지 손에 들린 것은 노란색 클래식기타였습니다.

"이거 아니야! 하얀색이란 말이야!"

속상한 마음에 엉엉 울었습니다. 하지만 저는 아버지가 사 주신 그 노란색 기타로 음계와 코드를 익혔습니다. 그걸로도 충분히 재미있었습니다. 학교 축제에도 나갔죠. 이런 시끌벅적한 추억을 이야기로 썼습니다.

F코드요? F코드는 여전히 안 됩니다.